47

Klarant Verlag

Die gebürtige Ostfriesin ***Sina Jorritsma*** aus der Krummhörn studierte in Hamburg Germanistik und Philosophie, bevor sie wieder in ihre Heimat zurückkehrte. Sie veröffentlicht unter Pseudonym, weil sie ihre Umgebung genau beobachtet und Ereignisse aus ihrem Leben in ihre Geschichten einfließen. Das Romaneschreiben ist ihr kleines Geheimnis, das nur wenige Menschen kennen. Bei einer großen Kanne Ostfriesentee mit Sahne und Kluntjes kann sie halbe Nächte durchschreiben, tagsüber hält sie sich mit Joggen fit. Sina Jorritsma lebt mit ihrer Familie in einem kleinen Ort bei Emden.

Sina Jorritsma

Friesenjungfer

Ostfrieslandkrimi

Klarant Verlag

Klarant Verlag, www.klarant.de – www.ostfrieslandkrimi.de
ISBN: 978-3-68975-045-9
1. Auflage 2024
Umschlagabbildung: Klarant Verlag

Printed in the EU.

Kapitel 1

»Meine Jungfrau wurde gestohlen!«

Der alte Mann rief diesen Satz, als er die Polizeistation Borkum betrat. Kommissarin Mona Sander schaute ihn verblüfft an. Sie saß im Wachlokal und plauderte mit Polizeimeisterin Grietje Smit. Normalerweise hätte sie noch einigen aufgeschobenen Papierkram erledigen müssen, aber diese lästige Pflicht schob sie so weit wie möglich von sich weg. Hinzu kam, dass die beliebte Ferieninsel weit vor der Küste momentan wenig Anlass für polizeiliches Eingreifen bot. Die rotblonde Kriminalistin hatte in letzter Zeit zusammen mit ihren Kollegen einige spektakuläre Mordfälle aufgeklärt. Daher war sie der Meinung, es an diesem sonnigen Septembertag etwas ruhiger angehen lassen zu können. Doch danach sah es jetzt nicht mehr aus, denn der Besucher befand sich in heller Aufregung. Er zerraufte sich seine schulterlange weiße »Künstlermähne«, wie Enno Moll die Frisur des alten Mannes genannt hätte. Der Mann trug eine Cordhose und einen hellen Rollkragenpullover – keine ungewöhnliche Bekleidung für einen Borkum-Urlauber im Spätsommer oder Frühherbst. In den Randstunden des Tages konnte es schon ziemlich frisch werden, vor allem bei Nordwind. Doch es waren nicht seine Textilien, die Mona aufhorchen ließen. Vielmehr nahm sie an seinem Satz Anstoß: »*Ihre* Jungfrau? Hat die Dame auch einen Namen? Und dieses besitzanzeigende Wort können Sie sowieso steckenlassen – es gibt in Deutschland keine Leibeigenschaft, also kann die Frau Ihnen gar nicht gehören!«

Der Unbekannte starrte die Kommissarin an, als ob sie von einem anderen Planeten kommen würde. Ob ihre Reaktion zu harsch gewesen war? Monas Temperamentsausbrüche waren nicht nur bei ihren Polizeikollegen berüchtigt, obwohl sie sich im Lauf der Jahre schon etwas gemäßigt hatte. Aber es machte sie immer noch sauer, wenn Männer ihre Partnerinnen wie Objekte behandelten. Dem alten Mann blieb jedenfalls angesichts ihrer Erwiderung der Mund offen stehen. Dann machte er eine wegwerfende Handbewegung: »Mit Ihnen rede ich doch gar nicht, junge Dame! Ich möchte mit der Polizistin sprechen – oder besser noch: mit Enno!«

Er zeigte mit seinem knochigen Finger auf die sommersprossige Grietje, die in ihrer blauen Uniform unschwer als niedersächsische Ordnungshüterin zu erkennen war. Mona hingegen hatte Jeans,

Sportschuhe und einen roten Kapuzenpullover mit eingesticktem Anker an. Als Kriminalistin war sie meist in Zivil unterwegs. Und da sie momentan lässig an der Wand lehnte, während ihre Kollegin hinter dem Schreibtisch thronte, hielt der Mann sie offenbar für eine Besucherin. Die junge Polizeimeisterin klärte das Missverständnis schnell auf: »Das ist Kommissarin Sander. Sie können sich mit Ihrem Anliegen vertrauensvoll an sie wenden.«

Vielen Dank auch, Grietje!, sagte Mona in Gedanken zu ihrer Kollegin. Die Polizistin hatte den Weißhaarigen offenbar schnell als *schwierigen Fall* eingestuft – eine Einschätzung, der die Kriminalistin nicht widersprochen hätte. Eins ließ Mona allerdings stutzig werden: Der Mann hatte ausdrücklich nach Oberkommissar Moll verlangt, dessen Vornamen er kannte. War er mit Enno per du? Darüber wunderte sie sich nicht, denn ihr Dienstpartner war auf Borkum geboren und aufgewachsen, hatte hier den größten Teil seines Lebens verbracht. Als die Kommissarin den Besucher nun genauer betrachtete, kam er ihr irgendwie bekannt vor – was aber nichts bedeuten musste. Die Insel hatte zwar nur ungefähr 5000 ständige Einwohner, wurde aber Jahr für Jahr von ungefähr einer Viertelmillion Urlaubern und Kurgästen besucht. Monas Personengedächtnis war eigentlich gut, aber alles hatte seine Grenzen.

»Oberkommissar Enno Moll ist heute nicht im Dienst, aber ich helfe Ihnen gern weiter. Nennen Sie mir doch bitte zunächst Ihren Namen«, sagte Mona und lächelte, um ihre vorherigen harschen Worte etwas abzumildern. Vielleicht hatte der Mann sich einfach nur ungeschickt ausgedrückt. Sie nahm sich wieder einmal vor, ihre Zunge in Zukunft im Zaum zu halten – was ihr in der Vergangenheit nur selten gelungen war.

»Ich heiße Hauke Rademacher und besitze ein Ferienhaus in der Norderstraße. – Bitte finden Sie meine ›Juliana‹, es ist eine Tragödie! Erst ist es uns gelungen, sie erfolgreich vor Holzwurmbefall zu schützen – und nun wurde sie uns einfach frech entwendet!«

Mona schaute zu Grietje hinüber, die versuchte, einen Lachanfall zu unterdrücken. Die Kommissarin war auf sich selbst sauer, weil sie angenommen hatte, dass Rademacher von einer Frau sprechen würde. Aber Menschen wurden normalerweise nicht von Holzwürmern durchbohrt. Trotzdem musste sie sich vergewissern: »Die Jungfrau, von der Sie sprechen, ist also … ein Kunstwerk?«

Die Augen des Alten leuchteten auf: »Ja, allerdings – ich habe schon viele Galionsfiguren gesehen, aber ›Juliana‹ ist eine der schönsten!«

Galionsfiguren – die ursprünglich aus Braunschweig stammende Mona hatte mit diesem Begriff nichts anfangen können, bevor sie nach Borkum versetzt worden war. Doch inzwischen hatte sie gelernt, dass in den früheren Zeiten der Segelschifffahrt praktisch jeder größere Segler über eine aus Holz geschnitzte Skulptur am Bug verfügte, die Glück bringen sollte. Meist handelte es sich um Darstellungen von jungen Frauen, die oft etwas mit dem Namen des jeweiligen Schiffs zu tun hatten.

»Ich komme jetzt mit Ihnen, und wir schauen uns gemeinsam den Tatort an«, schlug Mona vor. Sie stieß sich von der Wand ab und ging an Grietjes Schreibtisch vorbei.

»Vielleicht kannst du den Holzwurm ja gleich verhaften«, raunte die Polizistin ihr zu. Die Kommissarin würdigte sie keiner Antwort. Von der Polizeiwache in der Strandstraße bis zur Norderstraße waren es nur wenige Minuten zu Fuß. Rademacher wirkte jetzt etwas ruhiger, weil seine Diebstahlanzeige endlich ernst genommen wurde. Mona trat mit ihm zusammen auf die belebte Straße unweit des Inselbahnhofs hinaus. Hier herrschte tagsüber immer viel Trubel, ankommende und abfahrende Touristen sowie Kurgäste prägten mit ihren großen Rollkoffern das Bild. Mona schaute zum Neuen Leuchtturm hinüber, dessen Anblick sie an einen kürzlich aufgeklärten Mord erinnerte, der sie persönlich sehr mitgenommen hatte. Sie schob den trüben Gedanken beiseite und fragte: »Wann haben Sie den Diebstahl bemerkt?«

»Vor ungefähr einer halben Stunde, dann bin ich gleich zur Wache gelaufen. Ich hätte natürlich auch anrufen können, aber ich erledige solche Dinge lieber persönlich«, antwortete der alte Mann.

Das ist auch besser so, dachte Mona. Wenn Rademacher den Diebstahl einer Jungfrau telefonisch gemeldet hätte, wäre Grietje wahrscheinlich von einem Scherzanruf ausgegangen – und hätte mit ihrem sehr speziellen Humor geantwortet. Die Kommissarin schaute auf die Uhr. Es war jetzt kurz nach zehn vormittags. Wenn die Straftat während der Nacht begangen wurde, konnte der Verbrecher längst über alle Berge sein. Die Morgenfähre nach Emden hatte bereits abgelegt – es wäre für ihn kein Problem gewesen, diese zu erwischen. Andererseits war eine Galionsfigur ein sehr sperriges

Gepäckstück. Doch wenn der Täter einen Pkw besaß, konnte er sie einfach im Kofferraum verstauen, denn Borkum war keine autofreie Insel. Mona merkte, dass sie sich in Spekulationen zu verstricken begann.

»Woher kennen Sie meinen Kollegen Enno Moll?«, wollte sie wissen.

»Ich habe mein Ferienhaus schon vor zehn Jahren gekauft, bin allerdings erst seit meiner Pensionierung öfter auf Borkum«, berichtete Rademacher. »Ich wurde einmal Opfer eines Taschendiebstahls, aber Enno war sofort zur Stelle und hat den Dieb auf frischer Tat ertappt. Seitdem grüßen wir einander, wenn wir uns im Ort begegnen – das kommt allerdings selten vor, denn ich lebe sehr zurückgezogen. – Hat Enno denn nur heute frei oder ist er inzwischen auch im Ruhestand?«

Mit dieser Frage schnitt Rademacher ungewollt ein für Mona heikles Thema an. Der Oberkommissar war wesentlich älter als seine Kollegin, er würde die Pensionsgrenze bald erreicht haben – ein Gedanke, den Mona lieber verdrängte, denn die Polizeiarbeit ohne den erfahrenen Kriminalisten an ihrer Seite war für sie unvorstellbar.

»Enno ist ab morgen wieder im Dienst«, murmelte sie. Ihr Kollege hatte sich für einen Termin beim Kieferchirurgen nach Emden begeben müssen, aber dies ging Rademacher nichts an.

»Leben Sie allein in dem Ferienhaus oder mit anderen Menschen zusammen?«, erkundigte Mona sich.

»Meine Frau Brigitte hat das Haus mit mir zusammen gekauft und wohnt ebenfalls dort. Und dann sind da noch meine Nichte Sabrina Geesen und ihr Freund Noah Lerke. Sie haben sich seit zehn Tagen bei uns … einquartiert«, erwiderte Rademacher. Er hörte sich wenig begeistert an – so, als ob er statt *einquartiert* lieber *eingenistet* gesagt hätte. Die Norderstraße verband die Strandstraße mit der Kirchstraße. Hier gab es einige kleine Frühstückspensionen, aber auch Ferien- sowie normale Wohnhäuser. Es war eine ruhige Gegend, obwohl der turbulente Inselbahnhof nur einen Steinwurf weit entfernt war. Nachts herrschte hier wenig Betrieb, denn es gab keine Bars und Restaurants in der unmittelbaren Nähe. Wer nach Einbruch der Dunkelheit feiern wollte, tat dies auf der Bismarckstraße oder der Promenade – wobei Borkum ohnehin keine typische »Partyinsel« war. Rademacher ging auf ein rotes Backsteinhaus im traditionellen Friesenstil zu und wollte aufschließen, aber

Mona hielt ihn zurück: »Warten Sie bitte – ich möchte mir zunächst von außen ein Bild machen. In welchem Zimmer hat der Diebstahl stattgefunden?«

»Ich zeige es Ihnen.«

Rademacher ging auf einem schmalen gepflasterten Weg voraus. Der Straßenbelag bestand in einigen älteren Straßenzügen aus roten Backsteinen, was auch hier der Fall war. Das Haus verfügte nur über einen schmalen Garten an der Rückfront. Ein Fenster war angelehnt; selbst auf die Entfernung konnte die Kommissarin erkennen, dass man es aufgehebelt hatte. Das Gras unter dem Fenster war niedergetrampelt.

»Wir können hier wahrscheinlich Fußabdrücke sichern«, erklärte sie. Ob die Galionsfigur gezielt gestohlen worden war? Dafür sprach so einiges – vor allem die Tatsache, dass Einbrecher sich meist nur für Bargeld und Schmuck interessierten. Beides konnte man sich bequem in die Taschen stopfen, was auf eine geschnitzte Jungfrauen-Skulptur nicht zutraf. Mona hatte keine Ahnung, wie der Wert eines solchen Objekts einzuschätzen war. Die Fensterbank war recht niedrig, wie bei friesischen – oder niederländischen – Häusern üblich. Selbst die nur eins dreiundsechzig messende Kommissarin hätte durch das Fenster einsteigen können, ohne einen Stuhl oder eine Leiter zu benötigen. Mona schätzte, dass Rademachers Haus ungefähr hundert Jahre alt war. Es befand sich äußerlich in einem guten Zustand, wirkte aber keineswegs so prachtvoll wie einige der Villen im Seebäderstil der Kaiserzeit, die es im Borkumer Zentrum gab.

»Wann haben Sie die, äh, Jungfer denn zum letzten Mal gesehen?«, fragte Mona.

»Gestern Abend«, lautete die prompte Antwort. »Ich halte mich gern in meinem Sieben-Meere-Zimmer auf, wo ich lese, Musik höre oder einfach meinen Gedanken nachhänge. Gegen 23 Uhr wurde ich müde und begab mich zur Ruhe. Zu der Zeit war ›Juliana‹ noch an ihrem gewohnten Platz ...«

Die Erinnerung an das verschwundene Kunstobjekt nahm den alten Mann sichtbar mit, seine Augen wurden feucht. Mona legte ihm ihre Hand auf den Unterarm: »Lassen Sie uns jetzt hineingehen.«

Rademacher nickte und schloss wenig später die Haustür auf. Es roch nach Sandelholz und einem teuren Damenparfüm.

»Sind Ihre Mitbewohner schon aufgestanden?«, wollte die Kommissarin wissen. Ihr war bekannt, dass viele Feriengäste gern lange schliefen.

»Meine Frau ist mit dem Fahrrad zum Einkaufen gefahren, bevor ich den Diebstahl bemerkt habe«, antwortete Rademacher. »Ob die jungen Leute noch schlafen, weiß ich nicht. Nachdem ›Juliana‹ nicht mehr an ihrem Platz war, bin ich sofort zur Polizei geeilt. – Sehen Sie selbst!«

Er ging voraus und öffnete eine nicht abgeschlossene Tür. Rademacher betrat den Raum und stieß einen Schrei des Erschreckens aus. War etwa in seiner Abwesenheit noch etwas gestohlen worden? Mona musste sich Gewissheit verschaffen. Sie folgte dem Alten in das Zimmer und erkannte nun, was ihn entsetzt hatte: Mitten im Raum lag ein Mann, in dessen Rücken ein Messer steckte.

Kapitel 2

Die Kommissarin vermutete, dass es sich bei diesem Raum um das »Sieben-Meere-Zimmer« handelte. Sie konnte sich keine passendere Bezeichnung vorstellen. An den Wänden befanden sich Holzregale, auf denen Bücher sowie etliche Schiffsmodelle standen. Die Nachbildungen von Ozeanriesen und altmodischen »Teeklippern« wurden durch Glasvitrinen vor Staub und Beschädigung geschützt. Einige Gemälde mit vergoldeten Rahmen zeigten Windjammer in schwerer See. Es gab zwei altmodische Ohrensessel aus Leder, zwischen denen ein Couchtisch stand. Eine Leselampe beleuchtete Rademachers »Schmökerecke«. Direkt gegenüber den Sitzmöbeln erblickte Mona ein Holzgestell, in dem vermutlich »Juliana« normalerweise ihren Platz gefunden hatte. Aber all diese Details nahm die Kriminalistin jetzt nur nebenbei wahr, denn sie konzentrierte sich ganz auf die Person am Boden. Der Tote war nur mit roten Boxershorts und einem weißen T-Shirt bekleidet. Sie kniete sich neben ihn und tastete nach seiner Halsschlagader. Gelegentlich kam es vor, dass jemand eine so schwere Stichverletzung überlebte. Doch für dieses Opfer kam jede Hilfe zu spät. Mona zog ihr Smartphone aus der Tasche und nahm Kontakt mit der Dienststelle auf: »Es gibt ein Tötungsdelikt, ich benötige hier die Spurensicherung. Außerdem muss der Tatort abgesperrt werden!«

Sie nannte außerdem die Adresse in der Norderstraße. Grietje kapierte offenbar, dass es ernst war und sie besser keinen ihrer üblichen Scherze machte. Die Polizistin hakte nach: »Soll ich auch Dr. Siemers verständigen, damit er die Todesursache feststellt?«

In diesem Fall ist es wohl eindeutig, wodurch der Mann sein Leben lassen musste, ging es der Kommissarin durch den Kopf. Trotzdem war es notwendig, dass ein Mediziner den Leichnam untersuchte. Mona antwortete: »Ja, das wäre gut. – Bis später dann.«

Mona wandte sich an den blassen und zitternden Rademacher, der immer noch nahe der Zimmertür stand und den Toten entsetzt anstarrte: »Sie müssen sich diesen Anblick nicht zumuten. Gehen Sie einfach in die Küche oder anderswohin. Ihre Frau wird bestimmt bald vom Einkaufen zurückkehren, und vielleicht wachen auch Ihre Nichte und ...«

»Noah.« Er richtete seinen Zeigefinger wie eine Waffe auf den Toten, seine Stimme war belegt: »Das ist Noah Lerke, Sabrinas

Freund. Und er war noch nicht hier, als ich den Diebstahl bemerkte. – Dort muss jemand hereingekommen sein!«

Er wollte zu dem aufgehebelten Fenster, das zwei oder drei Handbreit offen war. Die Kommissarin stellte sich ihm in den Weg: »Bitte verändern Sie hier nichts! Ich muss wissen, wann genau Sie das Haus verlassen haben.«

Der Alte legte den Zeigefinger an seine Lippen, er überlegte laut: »Zwischen Viertel nach neun und halb zehn. Es ist ja nicht weit von hier bis zur Polizeistation.«

Mona schaute auf ihre Armbanduhr. Es war jetzt fast Viertel nach zehn. Also konnte sie für den Mord ein Zeitfenster von ungefähr einer Stunde veranschlagen. Nun stellten sich zwei Fragen, genau genommen sogar drei: Befand sich der Täter noch im Haus? Wo war Sabrina? Und – damit zusammenhängend: Konnte sie die Mörderin Ihres Freundes sein? Mona versuchte, sich äußerlich ruhig zu geben. Sie senkte die Stimme, als sie Rademacher wieder ansprach: »Gibt es hier im Erdgeschoss einen kleinen abgeschlossenen Raum mit stabiler Tür?«

»Ja, den Hauswirtschaftsraum. Aber warum ...«

»Zeigen Sie ihn mir sofort – bitte!«

Monas Worte waren eindringlich genug, um Rademacher sofort handeln zu lassen. Sie folgte ihm zu einer schmalen Tür in der Nähe des Haupteingangs. Sie vergewisserte sich, dass dort zwischen den Waschkörben und Vorratsregalen niemand versteckt war. Dann sagte Mona: »Sie gehen dort hinein und schließen ab. Und Sie warten, bis ich Sie hole – verstanden?«

In seinen Augen flackerte Furcht auf: »Sie glauben, der Mörder – er ist noch …?!«

»Bis später, Herr Rademacher.«

Sie schob ihn sanft in die Kammer und machte die Tür zu. Im nächsten Moment hörte sie erleichtert, dass er den Schlüssel umdrehte. Mona lauschte, konnte aber nirgendwo im Haus etwas hören. Sie griff erneut zum Smartphone: »Ich hatte Kollegen angefordert, um den Tatort abzusperren. Wo bleiben die eigentlich?«

»Ich kann auch nicht hexen!«, verteidigte Grietje sich. »Du weißt doch, dass wir momentan unterbesetzt sind. – Ich habe Britt und Claas Bescheid gegeben, dass sie so bald wie möglich zu dir kommen. Es ist nur so, dass sie momentan noch einen Verkehrsunfall an der Reedestraße aufnehmen müssen.«

»Es wäre jedenfalls gut, wenn ich umgehend Verstärkung bekäme. – Mir ist nämlich klar geworden, dass der Täter noch im Haus sein könnte.«

Mona beendete das Telefonat und zog ihre Pistole, die sie in einem Clipholster am Gürtel trug. Sie wollte nicht auf ihre Kollegen warten, obwohl dies vernünftig gewesen wäre und auch den Vorschriften entsprach. Aber vielleicht war Sabrina in Gefahr, wurde vom Mörder als Geisel gehalten. Die Kommissarin musste auf jeden Fall herausfinden, was mit der jungen Frau geschehen war – handelte es sich um ein weiteres Opfer oder um die Täterin? Oder spielte Sabrina eine völlig andere Rolle? Während Mona diese Überlegungen durch den Kopf gingen, durchsuchte sie so leise wie möglich das Erdgeschoss. Dort war niemand – abgesehen von ihr selbst und Rademacher in seinem Kabuff. Eine steile Treppe führte ins Obergeschoss. Die Stufen knarrten, als Mona hinaufstieg – obwohl die Kommissarin ziemlich leicht war. Sie rechnete jederzeit mit einer Attacke. Doch es geschah nichts. Sie überprüfte auch in der ersten Etage alle Räume. Die jeweiligen Schlafzimmer der Hausbesitzer und von deren Dauergästen lagen ziemlich weit auseinander – um Lärmbelästigung zu vermeiden? Die Kommissarin unterschied die Räume anhand der Einrichtung, der dort liegenden Kleidung und der Accessoires voneinander. Im Zimmer des jungen Pärchens fand Mona neben dem zerwühlten Doppelbett zwei Ladekabel, wobei nur an einem ein Smartphone hing. Also war Sabrina fortgegangen und hatte ihr Handy mitgenommen. Aber wohin? Nachdem die Kommissarin alles durchsucht und sogar auf dem Dachboden nachgeschaut hatte, kehrte sie zu dem alten Herrn zurück und erlöste ihn aus seiner Gefangenschaft: »Die Luft ist rein, wir sind momentan allein im Haus. – Ihre Nichte glänzt durch Abwesenheit. Können Sie sich vorstellen, wo sie sich so früh am Tage aufhalten könnte?«

»Da muss ich leider passen, Frau Sander. Sabrina lebt in einer anderen Welt als ich. Viele der Wörter, die sie benutzt, verstehe ich nicht einmal.«

»Ich muss jedenfalls persönlich mit Sabrina reden – und ich kann mich ihr garantiert verständlich machen. Wären Sie so freundlich, mir ihre Mobilnummer zu nennen?«, fragte die Kommissarin. Rademacher zog einen abgegriffenen Taschenkalender aus seiner Gesäßtasche und diktierte Mona eine Zahlenfolge in ihr Smartphone. Daraufhin rief die Ermittlerin dort an. Nach einer Weile war eine verheult und näselnd klingende junge Frauenstimme zu hören: »Ja, wer ist da?«

»Moin, ich bin Kommissarin Sander von der Borkumer Polizei. Sie ...«

Mona wurde von einem hysterischen Kreischen unterbrochen: »Sag Noah von mir, dass er absolut das Letzte ist! Jetzt schickt er schon dich – eines seiner Luder – vor, weil er zu feige ist ...«

»Halten Sie die Klappe!«, schnauzte Mona, die sehr energisch werden konnte: »Ich bin tatsächlich Polizeibeamtin, kapiert? Es hat im Haus Ihres Onkels einen Todesfall gegeben. Es wäre gut, wenn Sie sofort dorthin kommen könnten.«

Als Sabrina Geesen wieder zu hören war, klang ihre Stimme komplett anders. Es war, als ob nun ein anderer Mensch mit der Ermittlerin telefonierte, nämlich eine besorgte und furchtsame junge Frau: »Mein Onkel ... ist er …?!«

»Kehren Sie einfach zur Norderstraße zurück, Frau Geesen. Solche Dinge bespricht man nicht am Telefon.«

»Ich laufe gleich los, ich bin jetzt am Strand unterhalb der Promenade.«

Mit diesen Worten beendete die Nichte das Telefonat. Mona hatte sich zuletzt auf den Hintergrundsound konzentriert und das Rauschen der Brandung sowie das Kreischen der Möwen vernommen. Daher konnte Sabrina sich momentan wirklich dort aufhalten, wo sie angeblich war. Ob sie etwas mit dem Mord zu tun hatte? Ihre Reaktion sprach dagegen. Vielleicht war sie auch einfach nur eine gute Schauspielerin. Offenbar hatte sie jedenfalls vor ihrer üblichen Aufstehzeit das Haus verlassen, und zwar ohne ihren Freund. Mona konnte es kaum erwarten, Sabrina eingehend zu befragen. Nun musste sie erst einmal die nächsten anstehenden Maßnahmen organisieren. Sie bugsierte Rademacher in die Küche, wo er sich setzen und auf seine Frau warten sollte. Nun klingelte es Sturm. Daher öffnete Mona die Haustür, um ihre uniformierten Kollegen Britt Mölders und Claas Lammer sowie Dr. Siemers einzulassen, der an diesem Tag als Notarzt unterwegs war. Offenbar hatte der Polizeieinsatz an der Reedestraße weniger Zeit in Anspruch genommen, als von Grietje vermutet wurde. Der junge glatzköpfige Mediziner kannte die Kommissarin von vielen gemeinsamen Einsätzen. Er verzichtete auf eine ausgiebige Begrüßung und widmete sich sofort dem Toten. Mona wandte sich an Britt und

Claas, nachdem sie ihnen kurz die Fakten geschildert hatte: »Gab es in letzter Zeit verstärkt Einbrüche oder Einbruchversuche in dieser Gegend?«

»Davon ist uns nichts bekannt«, sagte Britt – und auch Claas schüttelte den Kopf. Die uniformierte Polizistin fuhr fort: »Im vorigen Monat hatten wir insgesamt drei Delikte, bei denen es um Eindringen in fremde Wohnungen oder Häuser ging. Einmal wollten betrunkene Jugendliche einen Souvenirshop aufbrechen, die konnten gleich auf frischer Tat ertappt werden. Dann gab es einen Einbruchversuch an der Kaapdelle, wo die Alarmanlage den Täter vertrieben hat. Außerdem hat in einer Milchbude an der Promenade jemand die Tür aufgehebelt und fünf Flaschen mit hochwertigen Spirituosen gestohlen. Dieser Einbrecher konnte noch nicht ermittelt werden, die Spurenlage war einfach zu mies. Und Zeugen gab es auch nicht.«

Mona nickte. Ursprünglich hatten die »Milchbuden« am Borkumer Strand wirklich nur Molkereiprodukte angeboten. Inzwischen wurden dort auch alkoholische Getränke ausgeschenkt. Sie konnte keinen Zusammenhang zwischen einem Schnapsraub und dem Entwenden einer alten Galionsfigur erkennen.

»Bitte sperrt das Zimmer ab und lasst niemanden herein, bis die Spurensicherung und die Bestatter erscheinen«, sagte sie zu ihren Kollegen. Nun wurde im Schloss der Haustür ein Schlüssel umgedreht, und eine junge Frau kam ins Haus gestürmt. Die Kommissarin schätzte sie auf Mitte zwanzig. Es musste sich um Sabrina Geesen handeln. Sie war barfuß, trug Jeansshorts und ein weites T-Shirt in den Farben der brasilianischen Flagge. Ihr dunkelbraunes Haar hatte sie mit einem Holzkamm hochgesteckt. Natürlich entging Rademacher ihre Rückkehr nicht. Er trat aus der Küche heraus: »Sabrina, mein Kind …!«

Die junge Frau rang nach Luft, da sie offenbar vom Strand bis zum Ferienhaus gerannt war. Sie starrte erst ihren Onkel, dann Mona an: »Haben Sie mich gerade angerufen? Was soll der Mist? Haben Sie mich verschaukelt? Onkel Hauke lebt! Oder ist meine Tante ...«

Die Kriminalistin brachte sie mit einer Handbewegung zum Schweigen: »Ja, ich bin Kommissarin Sander – und Ihrer Tante geht es gut, soweit es uns bekannt ist. Aber leider muss ich Ihnen mitteilen, dass Ihr Freund ...«

Mona konnte den Satz nicht beenden, denn nun stürzte Sabrina auf das Sieben-Meere-Zimmer zu, an dessen Tür Claas Lammer gerade rot-weißes Absperrband anbrachte. Er hinderte die junge Frau am Betreten. Trotzdem gelang es ihr, einen Blick ins Innere zu werfen. Sabrina Geesen brach in Tränen aus: »Wer hat Noah das angetan?«

Die Kommissarin fasste sie bei den Schultern und sagte nachdrücklich: »Ich bedaure Ihren Verlust. – Meine Kollegen und ich werden den Mörder zur Rechenschaft ziehen, das verspreche ich. Versuchen Sie sich bitte zu beruhigen, ich komme gleich zu Ihnen.«

Mona winkte Rademacher heran, der hilflos wirkend mitten im Eingangsbereich des Hauses stand: »Bitte kümmern Sie sich um Ihre Nichte, kochen Sie ihr einen Tee. Ich befrage sie später.«

Der Alte nickte. Die Situation schien ihn zu überfordern, was die Kriminalistin aus seiner Sicht nachvollziehen konnte. In ihrem Beruf war sie es gewohnt, ständig Menschen in Extremsituationen zu begegnen. Rademacher hielt sie hingegen für einen Bücherwurm, der sich gern in eine Fantasiewelt längst vergangener Zeiten zurückträumte, in der die Schiffe noch Galionsfiguren besaßen und unter vollen Segeln auf den sieben Weltmeeren kreuzten. Der Verlust seiner »Juliana« war für ihn offenbar schon schlimm genug – und nun musste er auch noch eine Leiche finden, und zwar ausgerechnet an seinem liebevoll eingerichteten Rückzugsort! Mona glaubte nicht an Zufälle. Sie hielt es für äußerst unwahrscheinlich, dass in einem Haus so kurz hintereinander zwei Straftaten begangen wurden, die nichts miteinander zu tun haben sollten. Schon jetzt vermisste sie Enno schmerzlich. Mona war es gewohnt, ihre Mordfälle im Zusammenspiel mit dem erfahrenen Kriminalisten aufzuklären. Aber bis er wieder einsatzbereit war, musste sie allein zurechtkommen. Nun trat Dr. Siemers aus dem Sieben-Meere-Zimmer: »Die Todesursache war ein einziger Messerstich, der von hinten ausgeführt wurde. Die Klinge hat den linken Lungenflügel durchbohrt und das Herz getroffen, Frau Sander. Das Opfer muss innerhalb weniger Minuten verstorben sein. Die Tat kann noch nicht lange zurückliegen, schätzungsweise zwischen 9 und 10 Uhr heute Vormittag.«

Die Vermutung des Notarztes deckte sich mit Rademachers Aussage. Mona bedankte sich bei Dr. Siemers, der nun den Totenschein ausstellte und sich verabschiedete. Die Kommissarin nahm jetzt Kontakt mit einem Bestatter auf, der die Leiche zum gerichtsmedizinischen Institut Oldenburg transportieren sollte. Dort musste auf jeden Fall eine Obduktion vorgenommen werden. Während sie auf sein Eintreffen wartete, kehrte Mona zum eigentlichen Tatort zurück und schaute sich den Toten genauer an. Nichts deutete auf einen Kampf zwischen Täter und Opfer hin. Es gab keine verrutschten Teppiche, keine umgestoßenen Möbel, Noahs Fingerknöchel sahen nicht danach aus, als ob er in letzter Zeit in eine Schlägerei verwickelt gewesen wäre. Gegen eine vorausgegangene Auseinandersetzung sprach auch die Tatsache, dass dem Opfer das Messer von hinten in den Körper gerammt worden war. Er musste völlig arglos gewesen sein, als er sein Leben ausgehaucht hatte. Die Kommissarin machte ein paar Fotos von seinem Gesicht. Dies war möglich, weil er mit zur linken Seite gedrehtem Kopf auf dem Boden lag. Sie schätzte Noah Lerke vom Alter her auf Mitte bis Ende zwanzig. Sein dunkelblondes Haupthaar wirkte struppig, er war unrasiert – beides erstaunte sie allerdings nicht, denn seiner Kleidung nach zu urteilen hatte er gerade erst das Bett verlassen. Auf Lerkes Unterarmen befanden sich auffällige Tattoos, von denen Mona ebenfalls Aufnahmen erstellte. Manche Menschen pflegten sich ihre kompletten Wünsche, Träume und Fantasien in die Haut stechen zu lassen – manchmal sagten Tätowierungen mehr über einen Verdächtigen aus als die Angaben, die er gegenüber der Polizei machte. Ob Lerke noch unter dem Einfluss von Alkohol oder Drogen gestanden hatte, als ihn sein Schicksal ereilte? Auch darüber würde die Obduktion eindeutige Auskunft geben. Warum war Lerke überhaupt ins Sieben-Meere-Zimmer gegangen – und zwar um eine Uhrzeit, zu der er normalerweise noch nicht wach war? Gab es Geräusche, die sein Misstrauen geweckt hatten?

»Was ist denn hier los?«

Diese Frage kam aus Richtung Haustür. Von Mona und ihren Kollegen unbemerkt hatte nun eine ältere Frau das Gebäude betreten. Die Kommissarin eilte ihr entgegen, damit sie gar nicht erst den Tatort betreten konnte.

»Moin, ich bin Kommissarin Sander von der Polizei Borkum. Sie sind Frau Brigitte Rademacher, richtig? Ihrem Ehemann und Ihrer Nichte geht es den Umständen entsprechend gut, sie sind unverletzt. Allerdings muss ich Ihnen mitteilen, dass Noah Lerke nicht mehr lebt. Wir gehen von einem Gewaltverbrechen aus.«

Mona schätzte die soeben eingetretene Frau auf Anfang sechzig, auf jeden Fall war sie jünger als ihr Gatte. Man musste kein kriminalistisches Superhirn sein, um sie für Brigitte Rademacher zu halten. Erstens besaß die Frau einen Hausschlüssel, und zweitens hatte sie zwei volle Einkaufstaschen neben sich auf den Boden gestellt – was zu der Aussage ihres Mannes passte, dass sie Besorgungen machen wollte. Ihr graues Haar hatte sie sich zu einer flotten Kurzhaarfrisur schneiden lassen. Brigitte Rademacher trug eine knielange Freizeithose, Sandalen mit Keilabsatz sowie ein weit geschnittenes hellblaues Oberteil ohne Kragen und mit kurzen Ärmeln. Sowohl ihre Fuß- als auch ihre Fingernägel hatte sie rot lackiert. Und das teure Parfüm, das in dem Haus überall in der Luft hing, stammte zweifellos von ihr. Brigitte Rademacher nahm Monas Erklärung äußerlich unbewegt auf. Dann hob sie ihre sorgfältig gezupften Augenbrauen und fragte: »Hat Sabrina schon einen Anwalt verlangt?«

Mona horchte auf: »Sind Sie der Meinung, dass Ihre Nichte einen Rechtsbeistand benötigt?«

Brigitte Rademacher ruderte zurück: »Vergessen Sie, was ich gerade gesagt habe. Das war eine unbedachte Reaktion.«

So leicht ließ sich die Kommissarin nicht abspeisen. Sie sagte: »Mag sein – aber Sie halten es offenbar für möglich, dass Sabrina Geesen etwas mit Noah Lerkes Tod zu tun haben könnte.«

»Also ist meine Nichte nicht verdächtig?«

»Das habe ich nicht ausdrücken wollen. – Aber wo wir schon beim Thema sind: Wo waren Sie eigentlich zwischen neun und zehn Uhr?«

»Ich verstehe, dass Sie diese Frage stellen müssen, Frau Sander. – Ich habe erst beim Discounter an der Reedestraße eingekauft, was ungefähr zwanzig Minuten gedauert hat. Dort traf ich einige Nachbarinnen hier aus der Norderstraße und der Norderreihe. Die Namen kann ich Ihnen nennen. Wir kamen ins Plaudern und haben in der Inselbäckerei an der Ecke Deichstraße zusammen einen Kaffee getrunken. Dort bin ich bis vor ein paar Minuten gewesen, das können die Damen und das Personal Ihnen bestätigen.«

Was für ein perfektes Alibi, dachte die Kommissarin. Sie sagte: »Diese Angaben muss ich natürlich überprüfen, das werden Sie verstehen. Je schneller ich Personen als tatverdächtig ausschließen kann, desto leichter lässt sich der wahre Mörder ermitteln. Ihr Ehemann ist beispielsweise unverdächtig, weil er zur Tatzeit auf der

Polizeiwache und danach in meiner Begleitung auf dem Weg hierher war.«

Noch während Mona sprach, begann sie an ihren eigenen Worten zu zweifeln. Und wenn es sich nun völlig anders abgespielt hatte? Welchen Beweis gab es dafür, dass die Leiche nicht schon im Sieben-Meere-Zimmer gelegen hatte, als Rademacher den Diebstahl entdeckte? Und auch der alte Mann hatte genau genommen kein Alibi, denn die Gelegenheit für die Tat war zweifellos vorhanden. Zu einem Motiv konnte die Kriminalistin momentan noch nichts sagen. Allerdings hätte sie es ziemlich dreist gefunden, wenn Rademacher zur Polizei ging, um den Verlust seiner »Jungfrau« zu melden, und dabei den Toten unerwähnt ließ. Und falls er den jungen Mann wirklich erstochen hatte, wäre es cleverer gewesen, den Leichenfund zu melden und die Tat dem unbekannten Einbrecher in die Schuhe zu schieben. So hätte es Mona jedenfalls gemacht, wenn sie eine Verbrecherin gewesen wäre. Brigitte Rademacher wirkte irritiert: »Das begreife ich nicht, Frau Sander. Was wollte mein Mann bei der Polizei, wenn der Mord zu dem Zeitpunkt noch gar nicht stattgefunden hat? Oder habe ich Sie falsch verstanden?«

»Keineswegs. Ihr Mann erschien auf der Dienststelle, um einen Einbruch und den Diebstahl seiner Galionsfigur zu melden.«

Kaum hatte Mona den letzten Satz ausgesprochen, als Brigitte Rademacher zu lächeln begann: »Ich hätte es nie für möglich gehalten, dass jemand sich für diese morsche Skulptur begeistern könnte – außer meinem Göttergatten natürlich!«

Die Ehefrau hatte offenbar nichts für »Juliane« übrig, aber das fand Mona jetzt zweitrangig. Ihr kam es auf etwas Wichtigeres an: »Ich möchte von Ihnen hören, warum Sabrina Ihrer Meinung nach einen Anwalt benötigt.«

Brigitte Rademacher schnitt ein Gesicht, als ob sie ihre spontane Bemerkung bereits bereuen würde. Dafür hatte die Kommissarin vollstes Verständnis. Mona hatte sich selbst schon oft genug durch einige unbedacht ausgesprochene Sätze in Teufels Küche gebracht. Es dauerte einige Momente, bis Brigitte Rademacher die Sprache wiederfand.

»Die jungen Leute haben oft miteinander gestritten, deshalb dachte ich … aber legen Sie bitte nicht jedes meiner Worte auf die Goldwaage, Frau Sander! Ich halte Sabrina nicht für einen

Menschen, der zu einem Verbrechen fähig ist. – Wo sind mein Mann und meine Nichte überhaupt?«

Mona zeigte wortlos auf die Küchentür, die inzwischen geschlossen war. Rademacher hatte sie zugemacht, als er sich mit Sabrina dorthin zurückgezogen hatte. Das momentane Gespräch zwischen Mona und seiner Frau fand im Eingangsbereich des Hauses statt. Die Kommissarin sagte: »Ich schlage vor, dass Sie zu den beiden in die Küche gehen. Ich komme auch bald dorthin, um noch einige Fragen zu stellen.«

»Die zwei können meine Unterstützung jetzt gewiss gut gebrauchen«, erwiderte Brigitte Rademacher, »und die Lebensmittel müssen ohnehin in den Kühlschrank.«

Mit diesen Worten griff sie nach ihren Einkaufstaschen und verschwand gleich darauf in der Küche. Mona schaute ihr nachdenklich hinterher. Brigitte Rademacher hatte bisher von allen drei lebenden Bewohnern des Ferienhauses am neutralsten auf die beiden Straftaten reagiert. Aber – war das verwunderlich? Die Galionsfigur bedeutete ihr offensichtlich nichts, und wenn Noah Lerke nur der Freund ihrer Nichte gewesen war, zu dem sie keine engere Beziehung hatte – warum sollte sie sich wegen seines Tods graue Haare wachsen lassen? Ein Mord war natürlich immer ein dramatisches Ereignis, aber manche Menschen konnten die Nachricht von einem gewaltsamen Tod besser verkraften als andere. Das Alibi dieser Frau musste Mona natürlich in jedem Fall überprüfen – allein schon, damit Oltbeck nicht über ihre Ermittlungsmethoden meckern konnte. Falls Brigitte Rademachers Angaben zutrafen, konnte sie als Tatverdächtige definitiv ausgeschlossen werden. Mona kehrte ins Sieben-Meere-Zimmer zurück und schaute sich den Griff der Mordwaffe genauer an. Er schien zu einem handelsüblichen Küchenmesser zu gehören, wie es in mehreren Borkumer Supermärkten gekauft werden konnte. Vermutlich waren Hunderte von Haushalten und Ferienhäusern auf der Insel mit Besteck dieser Produktionslinie ausgestattet. Wenn es sich um eine spontane Tat handelte, hatte der Täter vielleicht seine Fingerabdrücke oder seine DNA auf dem Griff hinterlassen, bevor er sich aus dem Staub gemacht hatte. Zumindest gab es diese Möglichkeit. Das Messer musste jedenfalls im kriminaltechnischen Labor Oldenburg untersucht werden.

»Hier sieht es aus wie in einem Museum«, meinte Polizeimeister Lammer, der nicht gerade als Plaudertasche bekannt war. Wenn so eine spontane Bemerkung von ihm kam, dann musste ihn die Atmosphäre im Sieben-Meere-Zimmer *sehr* beeindruckt haben. Mona gab ihm recht. In diesem Raum schien es kaum einen Gegenstand zu geben, der aus dem 21. Jahrhundert stammte. Wenn die Steckdosen an den Wänden und die LED-Leuchten in der Leselampe nicht gewesen wären, hätte man sich problemlos in die Kaiserzeit zurückversetzt fühlen können.

»Die gestohlene Galionsfigur muss sehr wertvoll sein«, dachte Mona laut nach, »ich frage mich, wie schwer sie ist. Der Dieb wird sie nicht einfach auf dem Rücken getragen haben, nachdem er sie aus dem Fenster gehievt hatte. Nachts kommen hier zwar kaum Passanten vorbei, aber er musste trotzdem befürchten, dass es Zeugen gibt. Wahrscheinlich hat er die Beute in einen Sack gesteckt oder in ein Tuch eingeschlagen. Außerdem wäre es für ihn sinnvoll gewesen, ein Auto in unmittelbarer Nähe geparkt gehabt zu haben. – Britt und Claas, könnt ihr euch bitte bei den Nachbarn und in der näheren Umgebung umhören, sobald das Spurensicherungsteam angerückt ist? Vielleicht ist jemandem ein Pkw aufgefallen, der nicht hierher gehört.«

»Wird gemacht«, erwiderte Polizeimeisterin Mölders.

»Ich werde jetzt die Familie befragen«, kündigte die Kommissarin an.

Kapitel 3

Als Mona gleich darauf die Küche betrat, hatten sich dort die Rademachers und ihre Nichte um den Tisch versammelt. Hier hatte die Moderne im Gegensatz zum Sieben-Meere-Zimmer durchaus Einzug gehalten; die Einrichtung konnte nicht älter als ein oder zwei Jahre sein, vom Hightech-Herd bis zur metallenen Kühl-Gefrier-Kombination machte die Technik einen hochwertigen Eindruck. Auf dem Tisch standen eine Kanne Tee sowie drei Tassen.

»Möchten Sie auch etwas trinken, Frau Sander?«, fragte Brigitte Rademacher.

»Zu einem Tee sage ich nicht nein«, erwiderte sie und nahm Platz. Rademacher und seine Nichte schienen sich ein wenig beruhigt zu haben, obwohl Sabrina immer noch ihre Tränen trocknete. Ihre Tante schien durch Noah Lerkes Tod am wenigsten mitgenommen zu sein, was der Ermittlerin ja schon zuvor aufgefallen war. Brigitte Rademacher wirkte zwischen ihrem Mann und ihrer Nichte wie ein ruhender Pol. Nachdem Mona ebenfalls eine Tasse von der starken Assam-Mischung bekommen hatte, sagte sie: »Fällt einem von Ihnen spontan jemand ein, der dem Opfer nach dem Leben getrachtet haben könnte?«

Für einen Moment schien es, als ob Brigitte Rademacher etwas sagen wollte. Aber dann hielt sie sich doch lieber zurück. Aus Rücksicht auf Sabrina, aus Pietät – oder gab es andere Gründe? Die Kriminalistin erkannte, dass sie diese drei Personen am besten getrennt voneinander befragen musste. Das konnte später geschehen. Jetzt ging es zunächst nur darum, einen ersten Eindruck zu gewinnen.

»Mein Freund war der liebste Mensch auf der Welt, niemand konnte etwas gegen ihn haben«, behauptete Sabrina mit brüchiger Stimme.

Und warum habt ihr euch dann so oft in der Wolle gehabt? Dieser Satz ging Mona durch den Kopf, sie sprach ihn aber nicht aus – noch nicht. Bisher hatte nur Brigitte Rademacher von den Streitereien des jungen Paares berichtet.

»Hatte Noah Lerke vielleicht beruflichen Ärger?«

Es entging der Ermittlerin nicht, dass die Rademachers ihre Gesichter verzogen, während sie diese Frage stellte. Sabrina bemerkte davon anscheinend nichts.

»Noah hat gerade ein Sabbatjahr genommen, um herauszufinden, was er wirklich mit seinem Leben anfangen wollte«, sagte sie.

»Ein Sabbatjahr mit tausend Tagen«, murmelte Frau Rademacher. Sie hatte leise gesprochen, aber ihre Nichte ging trotzdem sofort an die Decke: »Du hast Noah nie ausstehen können, Tante Brigitte! Und zwar nur, weil er nicht in deine spießigen Vorstellungen vom Leben passte.«

Brigitte Rademacher widersprach: »Nein, das stimmt nicht. Ich fand es nur mies von ihm, dass er dir und uns auf der Tasche gelegen hat.«

Also war Noah Lerke ein Faulpelz gewesen? Auch solche Leute können sich Feinde machen. Mona grätschte jedenfalls bei dem heraufziehenden Streit zwischen Tante und Nichte dazwischen: »Lassen wir diesen Punkt für den Moment beiseite. – Frau Geesen, womit verdienen Sie Ihr Geld?«

»Ich studiere Kunstgeschichte«, lautete die Antwort. Ob das ein Fach war, mit dem man finanziell jemals auf einen grünen Zweig kommen konnte? Mona bezweifelte es, hielt sich aber mit einem Kommentar zurück. Vielleicht wurde ja Sabrina wirklich von ihrem Studium erfüllt und konnte sich nichts Schöneres vorstellen. Mona hatte damals die Polizeiausbildung begonnen, obwohl ihre Mutter sie lieber als Lehrerin gesehen hätte – derselbe Beruf, den auch Dagmar Sander voller Leidenschaft ausübte. Von daher hatte die Kommissarin Verständnis für junge Leute, die ihren Träumen nachhingen. Oder war Sabrina nur eine Alibi-Studentin, die sich gemeinsam mit ihrem Freund einen lauen Lenz machte? Mona stellte diese Überlegung zunächst hintenan. Sie sagte: »Sie, Herr Rademacher, hatten ursprünglich die Polizei um Hilfe gebeten, weil Ihre Galionsfigur gestohlen wurde. Ich könnte mir vorstellen, dass der Mord an Noah Lerke damit im Zusammenhang steht.«

»Aber ›Juliana‹ war doch schon verschleppt worden, als wir den Toten fanden, Frau Sander!«, gab der alte Herr zu bedenken.

»Das ist mir bewusst«, stellte die Kommissarin fest. Sie fuhr fort: »Der Täter könnte etwas vergessen haben und deshalb zurückgekehrt sein. Oder er befand sich noch im Haus, als Noah ins Sieben-Meere-Zimmer kam. Der Einbrecher musste befürchten, dass der junge Mann Alarm schlagen würde. Also brachte er ihn für immer zum Schweigen.«

»Das ist so furchtbar!«, rief Sabrina theatralisch und presste ein Papiertaschentuch auf ihr Gesicht. Die Kommissarin wartete ein wenig, bis sie die Studentin für erneut ansprechbar hielt. Dann sagte sie: »Als ich Sie vorhin anrief, reagierten Sie sehr aggressiv, Frau Geesen. Ich hatte den Eindruck, dass es noch andere Frauen im Leben Ihres Freundes gab.«

»Das habe ich mir leider eingebildet, weil ich eine dumme Gans bin«, behauptete Sabrina. »In Wirklichkeit ist es so, dass Noah nur mich liebte!«

»Also gab es keinen Streit zwischen Ihnen und Ihrem Freund?«, hakte Mona nach.

»Streit, Streit ...« Die Studentin wiederholte das Wort, als ob sie es auswendig lernen müsste. Dann fuhr sie die Rademachers an: »Habt ihr Noah und mich bei der Kommissarin schlechtgemacht? Das finde ich so mies von euch! Warum konntet ihr nicht einfach sagen, dass ihr uns nicht in eurem Ferienhaus haben wolltet?«

»Als ob ich das nicht mehr als einmal getan hätte!«, feuerte Brigitte Rademacher zurück. »Aber du hast es immer wieder geschafft, deinen Onkel zu bezirzen – weil er einfach nicht kapieren will, dass du ihn nur ausnutzt!«

Sie warf ihrem Mann einen vernichtenden Blick zu, woraufhin Rademacher abwehrend die Hände hob. Diese Wendung des Gesprächs schien ihm überhaupt nicht zu gefallen. Er sagte: »Wir sind doch eine Familie … und natürlich musst du uns nicht verlassen, wo du doch gerade so einen schweren Verlust erlitten hast.«

»Nur zu, fall mir getrost in den Rücken!«, giftete seine Frau. Mona sagte: »Könnten Sie Ihren Familienzwist auf später vertagen? Frau Geesen, wann haben Sie heute Morgen das Haus verlassen?«

»Das muss so gegen halb neun gewesen sein«, murmelte die junge Frau. Sie versuchte offenbar, sich zusammenzureißen. Trotzdem warf sie ihrer Tante vernichtende Blicke zu.

Die Wahrheit ist eben manchmal schwer zu ertragen, dachte die Ermittlerin. Mona ging davon aus, dass es bei dem jungen Pärchen wirklich Zoff gegeben hatte. Sabrina war offenbar angefressen gewesen, als die Kommissarin telefonischen Kontakt mit ihr aufnahm.

»Wo war Ihr Freund zu diesem Zeitpunkt?«, fragte Mona.

»Hier, in unserer Schlafstube.«

»Fällt Ihnen ein Grund ein, warum Noah in das Sieben-Meere-Zimmer gegangen sein könnte?«

»Nein, Frau Sander. Er interessierte sich nicht für Seefahrt.«

Brigitte Rademacher sah so aus, als ob sie sich eine ironische Bemerkung verkneifen müsste.

»Kann jemand bezeugen, wo Sie zwischen halb neun und meinem Anruf gewesen sind?«, wollte die Kommissarin wissen.

»Nein – ich bin zwar vielen Menschen am Strand und auf der Promenade begegnet, aber ich kenne keinen von ihnen. Bin ich jetzt verhaftet?«, gab Sabrina patzig zurück.

»Nee, aber wir beide werden uns später noch einmal unter vier Augen unterhalten«, sagte Mona.

»Das ist gut. Ich habe Ihnen nämlich noch einiges mitzuteilen«, erwiderte die Studentin und warf ihrer Tante einen drohenden Blick zu. Entweder nahm Brigitte Rademacher dies nicht ernst oder sie verfügte über ein gutes Nervenkostüm. Auf jeden Fall wirkte sie nicht beeindruckt oder gar eingeschüchtert. Nun meldete sich Rademacher zu Wort: »Ich habe noch einmal über das Motiv des Einbrechers nachgedacht, Frau Sander. – Es gibt Sammler, die ein halbes Dutzend oder mehr Galionsfiguren besitzen. Manche dieser Kunstwerke rotten auf Dachböden vor sich hin, es ist ein Trauerspiel. Aber speziell zu meiner ›Juliana‹ gibt es eine Legende, die vielleicht der Grund für den Diebstahl sein könnte.«

»Ich bin ganz Ohr«, versicherte die Kriminalistin. Brigitte Rademacher hingegen setzte eine Miene auf, die so viel bedeuten konnte wie: *Jetzt muss ich mir die Geschichte zum hundertsten Mal anhören.*

Der Alte begann: »Ihnen wird bekannt sein, dass Borkum seinen Reichtum in früheren Jahrhunderten dem Walfang verdankte. Ein besonders erfolgreicher Kommandant hieß Brodersen, er war Kapitän auf der ›Juliana‹ – der Dreimastbark, deren Galionsfigur auf Umwegen in meinen Besitz kam. Brodersen soll ein Menschenfeind gewesen sein, der niemandem vertraute – weder den Banken noch seiner eigenen Familie. Außerdem war es zu dieser Zeit überhaupt nicht üblich, ein Konto bei einem Kreditinstitut zu haben. Auch für einen wohlhabenden Kapitän nicht.«

»Vielen Dank für die Geschichtslektion, aber wo ist das Motiv für den Diebstahl der Figur?«, gab die Kommissarin ungeduldig zurück.

»Nicht so eilig, Frau Sander. – Es gibt das Gerücht, dass Brodersen eine ganz besondere Galionsfigur anfertigen ließ. ›Juliana‹ soll angeblich über einen Hohlraum verfügen, eine Art Geheimfach, in dem sich etliche Edelsteine und Goldmünzen befinden.«

»Können Sie diese Annahme bestätigen?«, fragte die Ermittlerin. Rademacher warf ihr einen empörten Blick zu: »Sehe ich wie ein windiger Glücksritter aus, Frau Sander? Falls es so ein Versteck wirklich gibt – was ich bezweifle – dann müsste man die Galionsfigur wahrscheinlich beschädigen, um an den Schatz heranzukommen. Ich kann mir jedenfalls vorstellen, dass ein Krimineller auf dieses Märchen hereingefallen ist. Sie müssen ›Juliana‹ finden, bevor sie irreparabel beschädigt wird.«

»Sicher, und so ganz nebenbei habe ich auch noch einen Mord aufzuklären«, erwiderte Mona genervt. Es spielte keine Rolle, ob Noah Lerke ein Faulpelz gewesen war und dem Ehepaar auf der Tasche gelegen hatte. Ein Menschenleben war ausgelöscht worden, und dieses Verbrechen hatte selbstverständlich Vorrang. Brigitte Rademacher schien zu spüren, was in der Ermittlerin vorging.

»Du lässt die Kommissarin am besten einfach ihre Arbeit machen, Hauke«, sagte sie zu ihrem Mann. Mona stand auf.

»Danke für den Tee. – Frau Geesen, könnten Sie das Smartphone Ihres Freundes für mich entsperren? Ich muss es beschlagnahmen, es könnte Hinweise auf seinen Mörder enthalten. Außerdem muss ich seine Angehörigen benachrichtigen.«

Dieses Ansinnen schien der Studentin nicht recht zu sein, aber sie gab widerwillig nach: »Na gut, gehen wir nach oben.«

In ihrem Schlafzimmer nahm sie das Handy vom Kabel und nannte Mona eine Kombination aus Zahlen, Buchstaben und Sonderzeichen.

»Noah war kein schlechter Mensch, Frau Sander. Er hat es nicht verdient, so zu sterben.«

»Das hat niemand«, antwortete die Kommissarin. »Ich melde mich bald wieder bei Ihnen, Frau Geesen.«

Auf dem kurzen Weg zurück zur Wache ordnete Mona ihre Gedanken. Hatte Noah sterben müssen, weil er dem Einbrecher in die Quere gekommen war? Oder war Sabrina durchgedreht und hatte ihren Freund im Streit oder vor Eifersucht erstochen? Die zweite Möglichkeit kam der Kommissarin wenig wahrscheinlich vor. Die Studentin war wirklich wütend gewesen, als Mona sie angerufen hatte. Würde sie so reagieren, wenn sie gerade ihren Freund erstochen hatte? Außerdem – wenn die Klinge bis zum Anschlag im Körper steckte, musste der Stich mit großer Wucht ausgeführt worden sein. Dabei landeten zumindest einige Blutspritzer auf der Kleidung des Täters oder der Täterin. Auf Sabrinas Oberteil war davon nichts zu sehen gewesen. Würde sie nach dem Mord wirklich so abgebrüht gewesen sein, sich nach dem Mord umzuziehen und Richtung Strand zu schlendern? Mona ahnte, dass dieser Fall nicht einfach aufzuklären sein würde. Ihr Herz schlug vor Freude schneller, als sie ihr Dienstzimmer betrat – Enno war nämlich wieder da.

»Moin, du Ärmster!«, begrüßte sie den Zweimetermann und musterte seine angeschwollene linke Wange. »Ich dachte, du hättest heute den ganzen Tag frei.«

»Der Kieferchirurg wollte mich eigentlich krankschreiben, aber ich bin fit«, behauptete der Oberkommissar, obwohl seine verwaschene Stimme etwas anderes vermuten ließ. Er fügte hinzu: »Warum hätte ich in Emden bis heute Abend Däumchen drehen sollen? Ich bin mit dem Katamaran zurückgekehrt. Außerdem hat Grietje mir erzählt, dass ein Freund von mir in einen Mordfall verwickelt sei.«

»Ich gebe dir am besten erst mal eine Zusammenfassung«, sagte sie und berichtete ihrem Kollegen, was sich an der Norderstraße ereignet hatte. Enno hörte konzentriert zu und nippte an seiner Teetasse.

»Ich würde Rademacher nicht als meinen *Freund* bezeichnen«, meinte er, nachdem Mona geendet hatte, »ich konnte ihm vor einiger Zeit helfen, als er bestohlen wurde. Da warst du gerade im Urlaub. – Sein Sieben-Meere-Zimmer kenne ich übrigens. Er hat mich mal auf eine Tasse Tee eingeladen, als ich an der Norderstraße zu tun hatte. Und natürlich musste ich auch seine Galionsfigur bewundern.«

»Rademacher scheint in die hölzerne Jungfer geradezu verliebt zu sein«, stieß die Kommissarin hervor, »jedenfalls trifft der Diebstahl ihn härter als der Tod des jungen Mannes.«

Der Oberkommissar zuckte mit seinen breiten Schultern: »So, wie du die Situation bei den Rademachers schilderst, sind die Nichte und ihr Freund eher unerwünschte Gäste. Und da weder Hauke noch seine Frau mit dem Opfer verwandt oder befreundet sind, hält sich ihre Trauer in Grenzen. Das ist nachvollziehbar. – Ich kann mir nicht vorstellen, dass Rademacher etwas mit Lerkes Tod zu tun hat. Wenn du mich fragst, dann lebt der alte Knabe in seiner eigenen Welt. Wie hast du dich gefühlt, als du sein Sieben-Meere-Zimmer betreten hast?«

»Als ob ich in einem Historienfilm gelandet wäre!«, gab Mona zurück. »Nur die Leiche auf dem Boden hat das idyllische Bild getrübt.«

Enno sagte: »Das kann ich mir vorstellen. – Jedenfalls halte ich Rademacher zwar für verschroben, aber nicht für dumm. Wenn er wirklich von sich selbst als Mörder ablenken wollte – warum hat er nicht von vornherein einen Einbruch gemeldet, um dann den Mord an Lerke dem vermeintlichen Täter in die Schuhe zu schieben?«

»Aber wenn es gar keinen Einbruch gegeben hätte, wäre die Galionsfigur noch an ihrem Platz gewesen«, gab Mona zu bedenken. Ihr Kollege warf ihr einen verständnislosen Blick zu: »Na, und?«

»Es scheint mir, als würde ich Rademacher bereits besser als du kennen«, erwiderte sie, »du hättest heute mal erleben sollen, was für einen Aufstand er wegen seiner ›Juliana‹ gemacht hat. In diesem Raum hat er sich seinen eigenen Rückzugsort geschaffen. Würde er Lerke ausgerechnet dort töten, damit später dort etliche Polizisten herumtrampeln und Fragen stellen?«

»Du hast recht, das hatte ich nicht bedacht«, gab Enno zu. »Wie schätzt du die Nichte ein?«

»Sabrina würde ich zutrauen, ihren Freund im Affekt niederzustechen«, antwortete Mona, »sie zeigte am Telefon eine beachtliche Aggressivität.«

»So jemanden kenne ich auch«, meinte der Ostfriese schmunzelnd.

»Doofmann!«, erwiderte sie lachend und fuhr fort: »Andererseits kam sie mir am Boden zerstört vor, als ich sie über Lerkes Tod informierte. Natürlich kann diese Reaktion gut geschauspielert sein. Ich hoffe ja bei solchen spontanen Gewaltausbrüchen immer auf die mangelnde Sorgfalt des Täters. Wenn die Kriminaltechnik Sabrinas DNA oder Fingerabdrücke am Messergriff nachweist, brauchen wir noch nicht einmal ein Geständnis. Noch besser wäre natürlich Blut des Opfers auf einem von Sabrinas Kleidungsstücken.«

»Die Idee gefällt mir«, sagte Enno. Er ergänzte: »Du hättest bemerkt, wenn sie mit fleckigen Kleidern vor dich getreten wäre. Angenommen, sie hat den Mord wirklich begangen. Sich umzuziehen, dürfte für Sabrina kein Problem gewesen sein. Schließlich wohnt sie in dem Ferienhaus. Aber wohin mit den blutigen Klamotten? In den Wäschepuff? Zu riskant. Oder in den

Hausmüll stopfen? Auch das wäre ein unnötiges Wagnis. Sie ist zum Strand gegangen, richtig? Wir sollten die Mülltonnen und Abfallbehälter zwischen der Norderstraße und der Promenade durchsuchen lassen.«

Mona schnippte mit den Fingern: »Ich habe auch schon eine Freiwillige für den Job!«

Sie sprang auf und ging nach vorn ins Wachlokal. Grietje blickte auf: »Na, was macht die hölzerne Jungfrau?«

»Die lacht sich einen Ast. – Grietje, du sagtest doch neulich, dass du weniger auf der Wache hocken wolltest, oder?«

»Ja, das viele Sitzen schadet meiner Bikinifigur.«

»Dann darfst du heute an unserem aktuellen Mordfall mitarbeiten, indem du die Mülltonnen und Abfallbehälter zwischen der Norderstraße und der Promenade kontrollierst. Gesucht wird blutbefleckte Kleidung einer jungen Frau.«

Die Polizeimeisterin rollte mit den Augen: »Super, ich kann es kaum erwarten.«

»Dann ab mit dir, ich kläre das mit Oltbeck.«

Während Grietje die Polizeistation verließ, holte Mona Enno und ging mit ihm zusammen zum Chef. Die beiden mussten ihrem Vorgesetzten schonend beibringen, dass es wieder ein Tötungsdelikt auf Borkum gegeben hatte. Der Dienststellenleiter befürchtete nämlich stets, dass der Ruf des beliebten Ferieneilands unter einem solchen Verbrechen leiden würde. Entsprechend mürrisch reagierte er, insbesondere über Monas Eigenmächtigkeit: »So geht das aber nicht, Frau Sander! Sie können nicht einfach meine Einsatzpläne über den Haufen werfen und Frau Smit in den Außendienst schicken. Gibt es denn einen begründeten Verdacht gegen diese Sabrina?«

»Sie hatte Motiv und Gelegenheit.«

»Schön, Frau Sander – aber inwieweit ist sie in den Diebstahl der Galionsfigur verwickelt?«

»Das wissen wir noch nicht«, gab Mona zu, »aber sie kann die Chance gesehen haben, schnell zu Geld zu kommen. Vielleicht ist ein Sammler bereit, ein paar Tausend Euro für die Holzfigur hinzulegen. Außerdem hat Rademacher mir eine abenteuerliche Geschichte aufgetischt.«

»Der Schatz von Kapitän Brodersen?«, fragte Oltbeck lächelnd und lieferte die Antwort gleich selber: »Die Geschichte kennt hier auf Borkum jeder.«

»Ich nicht«, gestand die Kommissarin.

»Jetzt hast du sie ja auch gehört«, stellte Enno fest und fuhr fort: »Das Märchen gibt es in verschiedenen Varianten. Einmal war Kapitän Brodersen der Kommandant der *Juliana*, anderen Quellen zufolge befehligte er die *Victoria*. Oder die *Juno*. Alle Versionen haben gemeinsam, dass in der jeweiligen Galionsfigur ein Vermögen versteckt sein soll. Sabrina könnte davon Wind bekommen und beschlossen haben, sich gemeinsam mit einem Komplizen bei ihrem Onkel zu bereichern.«

»Und Lerke war ihr im Weg und musste deshalb sterben?«, fragte der Chef. »Das ist eine gute Theorie, Frau Sander – sie sollte sich nur auch noch beweisen lassen. Ansonsten rate ich Ihnen, in alle Richtungen zu ermitteln. Schießen Sie sich nicht nur auf die Nichte ein.«

»Das haben wir nicht vor«, beteuerte die Kriminalistin. »Wir werten nun das Smartphone des Opfers aus. Und wir werden seiner Familie die Todesnachricht übermitteln. Vielleicht bekommen wir dadurch auch Hinweise auf weitere Verdächtige.«

»Ja, in Ordnung. – Und Sie bringen jetzt Frau Berend bei, dass sie bis Schichtende allein im Wachlokal arbeiten muss«, sagte der Chef zu Mona. *Wenn es weiter nichts ist,* dachte sie. Und erwartungsgemäß reagierte Polizeimeisterin Aiske Berend entspannt, als sie von der kurzfristigen Umplanung erfuhr: »Ehrlich gesagt ist es ganz angenehm, Grietje mal ein paar Stunden nicht an der Backe haben zu müssen. Solange es genug Arbeit gibt, ist ja mit ihr alles in Ordnung. Aber wenn wir Leerlauf haben und sie anfängt, ihre Spiele auf dem Smartphone zu zocken ...«

Aiske wedelte mit der Hand, als ob sie sich verbrannt hätte.

»Ja, Grietje ist speziell«, meinte Mona lächelnd. Sie kehrte mit Enno in ihr gemeinsames Büro zurück und entsperrte Lerkes Smartphone. Sie schaute sich zunächst den Foto-Ordner an. Lerke schien gern gereist zu haben. Bilder zeigten in an einer felsigen Meeresküste, im Hintergrund wehte die portugiesische Flagge. Vor der London Bridge hatte Lerke ebenfalls posiert, außerdem vor dem Brandenburger Tor und auf einer Gondel in der venezianischen Lagune. Enno schaute seiner Kollegin über die Schulter: »Sagtest du nicht, Lerke sei ein Nichtstuer?«

Sie antwortete: »Offiziell legt er ein Sabbatjahr ein, aber das ist doch eigentlich nur eine längere Pause für Menschen, die normalerweise arbeiten, richtig? Und von Lerke könnte ich nicht sagen, welcher Tätigkeit er nachgegangen ist. Fest steht: Reisen ist teuer. Das ist mir bei meinem Londontrip schmerzlich klar geworden.«

»Eines Tages wirst du Oberkommissarin, dann haben die Geldsorgen ein Ende.«

»Sehr lustig, Enno. – Die Aufnahmen zeigen uns jedenfalls, dass Lerke sein Leben genossen hat und dafür über das nötige Kleingeld verfügte. Vielleicht ist er ja ein ›Berufssohn‹, das wäre eine legale Erklärung für seinen Lebensstil. Ansonsten sollten wir in Erwägung ziehen, dass er krumme Dinger … hier ist ja schon etwas!«

Mona schloss den Fotoordner und öffnete eine Messenger-App. Lerke hatte offenbar Kontakt zu mehreren Hundert anderen Menschen gehabt. Eine der letzten Nachrichten war auf den 15. August datiert und stammte von einem Nutzer, der sich KINGSIG nannte: »Wir haben die Faxen dicke. Wenn du bis zum Fünften die zehn Riesen nicht zurückzahlst, wirst du abgemurkst. Egal, wo du dich verkriechst.«

Kapitel 4

»KINGSIG war mächtig sauer auf Lerke«, stellte der Oberkommissar fest. »Mit dem Fünften wird der 5. September gemeint sein, das ergibt jedenfalls einen Sinn. Und ›zehn Riesen‹ sind natürlich 10.000 Euro, die der Herr von Lerke haben will. Die Drohung lässt an Deutlichkeit nichts zu wünschen übrig. Jetzt müssen wir nur noch herausfinden, wer sich hinter diesem Decknamen verbirgt.«

»Das ist kein Problem, hier steht ja seine Mobilnummer«, sagte Mona und deutete auf die Kopfzeile der Messenger-App, wo die Mobilnummer von KINGSIG stand. Dann öffnete sie Lerkes elektronisches Adressbuch und fand nach kurzem Suchen eine Person namens Sigmar Rothe, dessen Telefonnummer dort verzeichnet war. Die beiden Zahlenfolgen stimmten überein. Sie zeigte ihrem Kollegen stolz das Ergebnis ihrer kurzen Suche.

»Prima, dann können wir den Herrn orten«, stellte Enno fest und fügte hinzu: »Ich halte KINGSIG jedenfalls für einen blöden Decknamen.«

»Ich kann den Knaben schon verstehen«, meinte Mona, »wenn ich Sigrun hieße, würde ich mich garantiert auch lieber QUEENSIG nennen. – Lass uns doch besser erst mal checken, ob der Verdächtige sich überhaupt auf der Insel befindet. Falls nicht, können wir die Ortung immer noch den Kollegen in seiner Heimatstadt auf dem Festland überlassen. Das müsste Kassel sein, so steht es zumindest in Lerkes Kontaktliste.«

Die Kommissare verließen die Wache und gingen zur nahe gelegenen Touristeninformation hinüber. Da für jeden Urlauber auf Borkum ein Gästebeitrag fällig wurde, der bei diesem Servicecenter entrichtet werden musste, konnten die Ermittler dort die Namen aller in den Hotels, Pensionen und Privatzimmern der Insel einquartierten Touristen erfahren. Das dortige Personal hatte Mona und Enno schon oft geholfen. Als die beiden wenig später den kleinen Pavillon am Georg-Schütte-Platz gegenüber dem Inselbahnhof betraten, bekamen sie auch diesmal eine brauchbare Auskunft: Ein Gast namens Sigmar Rothe hatte am 5. September ein Zimmer im *Hotel Windsor* bezogen. Das war ein kleines, familiengeführtes Haus in der Ankerstraße. Die Kriminalisten bedankten sich und traten aus dem Pavillon heraus. Der Beherbergungsbetrieb war innerhalb weniger

Minuten fußläufig zu erreichen, wenn man durch die Straße Am langen Wasser ging.

»Rothe hat uns mit seiner Textnachricht eine Steilvorlage geliefert«, sagte Mona, »und er ist garantiert nicht wegen unserer guten Luft nach Borkum gekommen. Und gewiss auch nicht, um die Seehunde zu fotografieren.«

»Wenn ich jemanden auf einer Insel ermordet hätte, würde ich mich so schnell wie möglich verdrücken«, meinte Enno, »von daher wäre ich verwundert, wenn er überhaupt noch hier ist – aber vielleicht stehen bei ihm ja weitere Vorhaben auf seiner To-do-Liste.«

Die Ermittler näherten sich dem *Hotel Windsor*, das sich unweit der Kleinbahngleise befand. Momentan fuhr ein Zug vorbei. Die Passagiere in den farbenfrohen Waggons winkten den Ermittlern zu, die den Gruß erwiderten. Viele ankommende Urlauber freuten sich, nach ihrer oft langen Anreise endlich Borkumer Boden betreten zu können. Die Kommissarin wartete, bis die Fahrgeräusche von Lokomotive und Wagen verklungen waren.

»Wenn Rothe nicht völlig behämmert ist, muss er mit einem Polizeibesuch rechnen«, vermutete Mona, »hat er vergessen, dass auf Lerkes Smartphone seine unmissverständliche Drohung gegen ihn zu finden ist? Er hätte nach dem Mord noch genug Zeit gehabt, um sich im Ferienhaus das Telefon zu schnappen. Wenn wir es nicht sichergestellt hätten, wären wir dem Kerl nicht so schnell auf die Spur gekommen.«

»Ja, diese Überlegung hat der Verdächtige offenbar nicht angestellt – und das ist für uns nur von Vorteil. Du weißt so gut wie ich, dass nicht jeder Ganove ein kriminelles Genie ist.«

Mit dieser Bemerkung hatte der Oberkommissar zweifellos recht. Ein Glöckchen bimmelte, als die beiden Rothes Unterkunft betraten. Es roch nach Bratfisch, denn die Hotelbesitzer boten ihre Zimmer mit Vollpension an. Ennos Magen knurrte vernehmlich; Mona warf ihrem Kollegen einen mitleidigen Blick zu. Sie wusste, wie sehr er gutes Essen – und besonders Fisch – liebte, was an seiner stattlichen Figur unschwer abzulesen war. Nach Ennos Zahnoperation würde er sich in dieser Hinsicht vermutlich zurückhalten müssen. Der strohblonde pausbäckige Hotelier Piet Lepper begrüßte die Kommissare: »Moin, ihr beiden! Seid ihr wieder auf der Jagd nach einem flüchtigen Taschendieb?«

Vor einigen Wochen hatten sie nämlich einen solchen Kleinkriminellen verfolgt und schließlich im Vorratslager des Beherbergungsbetriebs stellen können.

»Wir müssen einen deiner Gäste sprechen, Piet«, erklärte Enno. »Es handelt sich um Sigmar Rothe.«

Lepper stand an der Rezeption, die ganz in dunklem Holz gehalten war. Er warf einen flüchtigen Blick auf das Schlüsselbrett hinter ihm: »Nee, der Gast ist momentan nicht hier. Nach dem Frühstück sind er und seine Begleiterin weggegangen – wahrscheinlich zum Strand, so wie die meisten Urlauber.«

»Mit wem ist er zusammen angereist?«, fragte Mona. Sie war nach der Erwähnung einer Frau hellhörig geworden.

»Seine Begleiterin heißt Paula Niebler«, lautete die Antwort. »Die beiden haben zusammen gefrühstückt, bevor sie das Hotel verließen.«

»Wann war das?«, hakte die Kommissarin nach.

»Oh, das ist noch nicht lange her«, erwiderte der Hotelier. »Wir bieten Frühstück ja nur bis zehn Uhr an. Um Viertel vor zehn kamen die Gäste in den Speiseraum, haben nur kurz einen Kaffee und ein Brötchen zu sich genommen und sind dann verschwunden. Manche Touristen sind keine großen Frühstücksfans, während andere ihre erste Mahlzeit des Tages sehr ausgiebig zelebrieren. Das sieht man den Leuten nicht an der Nasenspitze an.«

»Hast du gesehen, ob das Paar direkt aus ihrem Raum gekommen ist – ich nehme an, dass sie ein Doppelzimmer haben?«

»Darauf habe ich nicht geachtet, Enno. Ich war mit dem Tischdecken und der Bewirtung der übrigen Urlauber beschäftigt. – Und ja, sie bewohnen ein Doppelzimmer.«

Die Kommissarin rechnete nach: Es war möglich, dass Rothe Lerke gegen 9.15 Uhr erstochen hatte und danach in sein Hotel zurückgekehrt war. Die Strecke von der Norderstraße bis zur Ankerstraße konnte man zu Fuß gemütlich schlendernd innerhalb einer Viertelstunde zurücklegen. Wenn eine Person schneller ging oder rannte, benötigte sie natürlich noch weniger Zeit. *Das Frühstück kann Rothe also schon mal nicht als Alibi dienen,* dachte Mona. Sie fragte: »Was denkst du über diese beiden Gäste, Piet?«

Dem Hotelier war anzusehen, dass ihre Wissbegier ihm gar nicht zusagte. Aber die Kriminalistin war hartnäckig: »Ich würde dich nicht nerven, wenn es sich vermeiden ließe. Du kannst dir denken, dass wir uns nicht ohne Grund für Rothe und seine Freundin interessieren.«

Lepper schaute nach links und rechts – als ob er befürchten würde, dass die Erwähnten plötzlich neben ihm aus dem Boden wuchsen. Als er wieder den Mund öffnete, dämpfte er seine Stimme: »Die beiden passen nicht hierher, anders kann ich das nicht nennen. Natürlich weiß man nie, zu welchem Menschenschlag Personen gehören, die bei mir einchecken. Aber Borkum ist nun mal eher eine familiäre Urlaubsinsel – und dieses Paar wäre auf Sylt wahrscheinlich besser aufgehoben. Protzertypen, wenn ihr mich fragt – oder Schlimmeres.«

»Da musst du schon etwas deutlicher werden!«, forderte Mona. Sie mochte es nicht, wenn jemand um den heißen Brei herumredete.

»Ich könnte mir vorstellen, dass Rothe seine Begleiterin auf den Strich schickt«, platzte der Hotelier heraus. Mona warf ihm einen überrascht wirkenden Blick zu. Nun konnte die Kommissarin besser nachvollziehen, warum Lepper diese Gäste ein Dorn im Auge waren. Prostitution stellte zwar grundsätzlich kein Verbrechen dar, doch im Umfeld der »käuflichen Liebe« kam es trotzdem gehäuft zu verschiedenen Straftaten, von Beischlafdiebstahl bis zur Erpressung und Körperverletzung. Auf der Nordseeinsel gab es kein nennenswertes Rotlichtmilieu, die ein oder zwei Borkumer Sexarbeiterinnen waren der Borkumer Polizei persönlich bekannt. Enno gab dem Hotelier eine seiner Visitenkarten: »Rufst du mich bitte an, wenn das Paar hierher zurückkehrt? Wir versuchen jetzt selbst, sie zu finden.«

Lepper versprach, sich umgehend zu melden. Die Kommissare verließen das *Hotel Windsor*. Mona sagte: »Rothe ist dank seiner verräterischen Textnachricht verdächtig genug, die Staatsanwaltschaft muss uns die Ortung seines Handys genehmigen. – Oltbeck soll sich darum kümmern, dann kann er wenigstens wieder mal mit seiner geliebten Frau Dr. Becker telefonieren.«

Sie rief umgehend ihren Chef an. Es war auf der Borkumer Dienststelle ein offenes Geheimnis, dass Oltbeck für die junge resolute Staatsanwältin Dr. Elisabeth Becker aus Emden schwärmte. Entsprechend begeistert reagierte er auf die Bitte seiner Untergebenen: »Ja, eine Handyortung ist jetzt das Mittel der Wahl, Frau Sander! Ich kümmere mich um die Erlaubnis und informiere Sie, sobald wir grünes Licht für die Maßnahme haben.«

Die Kommissarin bedankte sich und steckte ihr Smartphone wieder ein. Dann warf sie ihrem Kollegen einen prüfenden Blick zu: »Ehrlich gesagt, gefällst du mir momentan gar nicht. Deine Zahnoperation scheint dich ziemlich mitgenommen zu haben. Ich glaube, du brauchst dringend etwas Leckeres in den Bauch – aber darfst du aktuell überhaupt essen?«

»Für mich ist erst einmal nur flüssige Nahrung erlaubt«, antwortete Enno, »zumindest, bis die Betäubung sich aus meinem Zahnfleisch verflüchtigt hat.«

Mona nickte und hakte sich bei ihm ein.

»Dann gehen wir jetzt zur *Heimlichen Liebe*«, entschied sie. »Dort gibt es eine sehr gute Kartoffelrahmsuppe. Die brauchst du jetzt, das spüre ich ganz deutlich. Dort können wir darauf warten, dass wir Rothes Smartphone anpeilen dürfen. Außerdem will ich telefonisch Kontakt mit Lerkes Angehörigen aufnehmen – obwohl ich dieser Aufgabe nicht unbedingt entgegenfiebere.«

»Ich kann mich darum kümmern«, bot der Oberkommissar an.

»Das ist lieb von dir, aber du musstest heute schon genug leiden – das kann man deiner geschwollenen Wange deutlich ansehen«, gab sie augenzwinkernd zurück. Von der Ankerstraße gingen die Ermittler zur Süderstraße hinüber. Bis zur *Heimlichen Liebe* waren es zu Fuß keine zehn Minuten – das beliebte Lokal am Südstrand verdankte seinen Namen der vorherigen Funktion als Seefunkstation, die gleichzeitig als Treffpunkt für Liebespaare diente. Auf dem Weg dorthin kamen sie an Evangelisch-Lutherischen Friedhof der Insel vorbei, auf dem Mona vor einiger Zeit einem Verdächtigen begegnet war, der beim Mordfall mit den Muschelsammlern eine entscheidende Rolle gespielt hatte.

»Es geht mir schon viel besser«, beteuerte Enno. »Die Suppe wird mir bestimmt gut schmecken.«

Wenig später betraten die beiden den gemütlich eingerichteten Gastraum. Das Mittagsgeschäft hatte gerade erst begonnen, und sie fanden einen Fenstertisch. Dort konnten sie den Strand und die Nordsee betrachten. Mona bestellte einen großen Salatteller für sich, ihr Kollege folgte ihrem Tipp und wählte die Kartoffelrahmsuppe. Während sie auf ihr Essen warteten, tranken sie alkoholfreies Bier. Die Kommissarin beschloss, die unangenehme Pflicht möglichst schnell hinter sich zu bringen. Sie hatte in Lerkes Smartphone-Telefonbuch einen Eintrag unter der Bezeichnung »Mama« gefunden. Ihr Magen krampfte sich zusammen, während sie die Zahlenfolge in ihr Telefon tippte. Die Benachrichtigung von Angehörigen eines Mordopfers gehörte zu den schlimmsten Aufgaben, die sie erledigen musste. Das Freizeichen ertönte mehrmals, dann meldete sich eine Frau.

»Lerke.«

»Moin, ich bin Kommissarin Sander von der Polizei Borkum. – Spreche ich mit Noah Lerkes Mutter?«

»Ja, das stimmt. – Was ist mit meinem Sohn? Steckt er in Schwierigkeiten?«

»Leider muss ich Ihnen mitteilen, dass Noah nicht mehr lebt. Wir müssen von einem Gewaltverbrechen ausgehen. Meine Kollegen und ich möchten Ihnen unser aufrichtiges Mitgefühl aussprechen.«

Frau Lerke begann zu weinen, wofür Mona vollstes Verständnis hatte. Sie fühlte sich, als ob ein Ziegelstein quer in ihrer Kehle stecken würde. Meist versuchte die Kommissarin, eine Todesnachricht persönlich durch einen Polizeikollegen vor Ort überbringen zu lassen. In diesem Fall hatte sie darauf verzichtet, weil der Mord noch nicht lange zurücklag und sie sich von der Mutter Hinweise auf die Hintergründe der Tat erhoffte. Ob Frau Lerke momentan zu einem Gespräch in der Lage war, bezweifelte die Kommissarin allerdings. Nach ein paar Minuten war die verwaschen klingende Stimme der Mutter zu hören: »Wie … ist das geschehen?«

»Ihr Sohn wurde vermutlich im Zusammenhang mit einem Einbruch erstochen. Er wohnte mit seiner Freundin Sabrina Geesen im Ferienhaus ihres Onkels und ihrer Tante.«

Frau Lerke schniefte und sagte: »Ich habe immer geahnt, dass dieses Biest für Noah nicht gut ist! Aber ich hätte mir nie vorstellen können, dass er durch sie nochmals zum Verbrecher wird!«

Nochmals? Dieses Wort ließ die Kommissarin aufhorchen, aber sie wollte darauf erst später eingehen.

»Sie haben mich missverstanden«, stellte Mona klar. »Ihr Sohn ist nicht tatverdächtig, was den Einbruch angeht. Er hat in dem Ferienhaus gewohnt und könnte den Täter überrascht haben, als dieser eine Galionsfigur entwenden wollte.«

»Ach, so ist das … verzeihen Sie, ich bin völlig durcheinander ...«

»Sie müssen sich nicht entschuldigen«, betonte die Kriminalistin, »und dass Sie jetzt keinen klaren Gedanken fassen können, verstehe ich. Dennoch muss ich Sie fragen, ob Noah Feinde gehabt hat, die ihn bedrohten. Wir ermitteln nämlich in alle Richtungen. Daher wäre es möglich, dass der Einbruch gar nicht mit dem Tötungsdelikt zusammenhängt.«

»Selbstverständlich gab es Menschen, die meinem Sohn an den Kragen wollten«, sagte Frau Lerke mit brüchiger Stimme, »er ist ja wegen dieser falschen Schlange Sabrina zum Mörder geworden!«

Kapitel 5

Mit dieser Information hatte die Kriminalistin nicht gerechnet. Lag hier ein Missverständnis vor? Mona hakte nach: »Wie ist Ihr Satz gemeint, Frau Lerke? Behaupten Sie, Sabrina Geesen hätte Ihren Sohn zu einer Straftat angestiftet? Wer war denn das Opfer?«

Die Mutter antwortete nicht sofort. Ob sie ihre Aussage bereits bereute? Die Worte waren förmlich aus ihr hervorgebrochen. Die Kommissarin kannte das Gefühl, etwas Unbedachtes von sich gegeben zu haben, aus eigener Erfahrung nur allzu gut.

»Ja … nein … ich hab keine Ahnung … können Sie mich später noch mal anrufen?«

Frau Lerke wartete die Antwort auf ihre Frage nicht ab, sondern legte auf. Mona steckte ihr Smartphone wieder weg und berichtete ihrem Kollegen, was ihr soeben mitgeteilt worden war.

»Dadurch bekommt der Fall eine ganz neue Wendung«, dachte Enno laut nach, »bisher bist du ja davon ausgegangen, dass es sich bei Sabrina und Noah um eine Art Faulenzer-Pärchen handelt, das einfach nur bei den Rademachers einen Gratis-Urlaub verbringen wollte.«

»Ich hätte es nicht treffender ausdrücken können.«

Der Oberkommissar lächelte und fuhr fort: »Nehmen wir an, Noah Lerke hat tatsächlich einen Menschen auf dem Gewissen. Dann kommt natürlich Rache als Mordmotiv ins Spiel. Jemand will Lerke für den Tod dieser Person zur Rechenschaft ziehen und schafft es, die Adresse des Ferienhauses herauszubekommen. Jetzt muss der Rächer nur noch auf die passende Gelegenheit warten. Als die Rademachers und Sabrina weggegangen sind, sieht der Täter seine Chance gekommen. Er dringt in das Haus ein und sticht sein Opfer nieder.«

»So könnte es sich abgespielt haben. Aber wo kommt der Galionsfigur-Diebstahl ins Spiel? Muss man diese Straftat vom Mord an Lerke unabhängig betrachten?«, gab Mona zu bedenken.

»Dazu kann ich dir noch keine plausible Erklärung präsentieren«, räumte Enno ein, »vielleicht sollten wir erst einmal herausfinden, ob an Frau Lerkes Anschuldigungen überhaupt etwas dran ist. Die Frau steht jetzt gewiss unter Schock, sie hat gerade ihren Sohn verloren. Und wenn Noah wirklich jemanden umgebracht haben sollte – wie heißt die Person? Und – ermitteln unsere Kollegen vor Ort bereits gegen ihn?«

»Zumindest deine letzte Frage wird sich leicht beantworten lassen«, erwiderte die Kommissarin. Aber bevor sie ihre Recherchen fortsetzte, wurde zunächst das Essen serviert. Enno musste seine Suppe vorsichtig löffeln, aber die Nahrungsaufnahme schien ihm gutzutun. Auch Mona ließ sich ihren knackigen Salat schmecken. Nachdem die beiden gespeist und gezahlt hatten, verließen sie die *Heimliche Liebe*. Die Kommissarin griff erneut zum Smartphone und rief beim Polizeipräsidium Kassel an, wo sie sich mit einem Mordermittler verbinden ließ. Der Kollege stellte sich als Hauptkommissar Rogge vor. Mona teilte ihm mit, woran sie aktuell arbeitete und was sie von Frau Lerke erfahren hatte.

»Die Namen Noah Lerke und Sabrina Geesen sind mir im Zusammenhang mit einem Tötungsdelikt noch nicht untergekommen, Frau Sander«, erwiderte er, »aber das besagt nichts. Die Tat kann ja erfolgreich vertuscht worden sein. Oder das Pärchen hat jemanden an einem anderen Ort umgebracht, dann würden die Ermittlungen nicht in die Kasseler Zuständigkeit fallen. – Weitere Details haben Sie nicht für mich?«

»Leider nein, Herr Rogge. Ich kann nicht beurteilen, wie ernst die Behauptung von Noah Lerkes Mutter zu nehmen ist. Die Frau muss durch die Todesnachricht völlig aus der Bahn geworfen worden sein. Für mich steht nur fest, dass sie Sabrina Geesen nicht ausstehen kann. Aber ob Lerkes Freundin ihn wirklich zu einem Mord angestiftet hat? Ich weiß es nicht.«

»Es gibt in Kassel einige ungeklärte Todesfälle, die ich mir näher ansehen könnte«, bot der hessische Kollege an, »falls sich da ein Zusammenhang mit einem der Namen – oder sogar mit beiden – herstellen lässt, melde ich mich bei Ihnen. Ihre Nummer habe ich ja jetzt.«

»Vielen Dank für die unbürokratische Hilfe!«, gab Mona zurück. »Und falls es Sie mal nach Borkum verschlägt, lade ich Sie auf einen Sanddornlikör ein.«

»Was immer das sein mag«, erwiderte Rogge lachend. »Sie hören auf jeden Fall von mir. – Wenn man mit Ihnen telefoniert, bekommt man sofort Urlaubsgefühle.«

Die Kommissarin konnte sich vorstellen, was der hessische Kollege damit gemeint hatte. Während des Gesprächs hatte sie sich nämlich vor der *Heimlichen Liebe* gegen das Geländer der Promenade gelehnt. Unmittelbar darunter begann der Strand – das Kreischen der Möwen und das Rauschen der Brandung waren als Hintergrundgeräusche gewiss zu vernehmen gewesen.

»Es wird sich schnell herausstellen, ob an dem Verdacht gegen Noah Lerke und Sabrina Geesen etwas dran ist«, meinte Enno, nachdem Mona ihr Smartphone wieder eingesteckt hatte. Er fragte: »Welchen Eindruck hast du von der jungen Dame?«

»Persönlich habe ich sie ja noch nicht kennengelernt. Nach dem, was ich über sie höre, ist sie eine widersprüchliche Persönlichkeit. Falls die Geschichte mit der Mordanstiftung in Kassel wahr ist, dann bestand zwischen ihr und Lerke eine ganz besonders enge Bindung, zumindest von seiner Seite. Denn wenn er wirklich für sie getötet hat, dann finde ich das ziemlich verstörend.«

»Da bist du nicht der einzige«, versicherte Mona ihrem Kollegen. Bevor sie weitersprechen konnte, klingelte ihr Smartphone. Oltbeck war am Apparat: »Sie dürfen jetzt das Handy des Verdächtigen orten, Frau Sander!«

Der Chef war bester Laune. Wahrscheinlich hatte er gerade länger mit der von ihm heimlich bewunderten Staatsanwältin telefoniert. Die Kommissarin bedankte sich brav und beendete das kurze Gespräch. Dann aktivierte sie die Tracking-App in ihrem Gerät.

»Hattest du gerade Oltbeck am Apparat?«

»Ja, er schwebt auf Wolke sieben. – Ich finde, wir sollten in Zukunft viel enger mit der Staatsanwaltschaft zusammenarbeiten und ihnen nicht einfach immer nur unsere Berichte schicken«, schlug Mona augenzwinkernd vor.

»Davon wäre zumindest eine Person auf der Wache völlig begeistert«, erwiderte der Ostfriese lachend. Wenig später zeigte das Ortungsprogramm einen Treffer: Rothes Handy war momentan aktiv, und zwar am Strand unterhalb der Musikkuppel.

»Ausgerechnet auf dem belebtesten Sandstreifen Borkums!«, stieß Mona hervor. Dort befinden sich für meinen Geschmack zu viele Unbeteiligte, die bei einem Zugriff verletzt werden könnten.«

»Wir müssen jedenfalls mit Widerstand rechnen, auch wenn wir die beiden nur ansprechen«, vermutete Enno. »Um dich und mich mache ich mir keine Sorgen, aber deine Bedenken wegen der Zivilisten teile ich. – Wir denken uns besser eine List aus. Hat sich das Signal eigentlich bewegt?«

»Nee, überhaupt nicht. Glaubst du, dass Rothe einen Strandkorb gemietet hat?«, fragte sie.

»Ja, weil sich das angepeilte Gerät unterhalb der Promenade befindet«, erklärte ihr Kollege, »Rothe wird also nicht in einer Milchbude oder einem der Lokale auf der Promenade sitzen. Vielleicht will er hier noch jemanden treffen – und eine Tarnung als harmloser Urlauber kann man sich leicht zulegen. Der Verdächtige hat ja seine Freundin dabei, mit der zusammen er sich als Touristenpärchen ausgeben kann.«

»Noch wissen wir nicht, wie die beiden Herzchen aussehen«, stellte Mona fest, »aber wenn sie einen Strandkorb haben, dann werden wir vom Vermieter die Nummer des Outdoor-Möbels erfahren können.«

»Also, auf zum Hauptstrand!«, sagte der Oberkommissar. Weit hatten sie es nicht. Die breit ausgebaute Promenade mit den zahlreichen windgeschützten Sitzbuchten endete – oder begann an der *Heimlichen Liebe* und führte am anderen Ende bis zum *Strandhotel Hohenzollern*. Die Musikkuppel befand sich ungefähr in der Mitte. Unterhalb des Borkumer Wahrzeichens musste sich Rothe befinden – oder zumindest sein Smartphone. Auf dem Weg dorthin schilderte Enno seinen Plan. Mona war einverstanden.

»Du willst mich ja nur mal wieder im Bikini sehen«, scherzte sie.

»Es ist eben schon so lange her«, gab er treuherzig zurück. Vor einiger Zeit hatten die Ermittler es mit einem raffinierten Erpresser zu tun bekommen, der die Geldübergabe durch Mona gefordert hatte – wobei die Kriminalbeamtin nur einen Zweiteiler tragen durfte, um am Körper keine Waffe verstecken zu können. Jetzt galt es, zunächst den richtigen Strandkorb ausfindig zu machen. Die Kommissare gingen auf Wilko Efken zu. Der Verleiher mit der weißen Kapitänsmütze hockte wie üblich vor seiner Holzhütte, von der aus er Liegestühle und Strandkörbe gegen Gebühr an sonnenhungrige Badegäste vermietete.

Wilko Efken wandte den beiden sein sonnengebräuntes freundliches Gesicht zu: »Moin, ein seltener Besuch! Ist wieder Ärger im Anmarsch?«

»Das wollen wir nicht hoffen«, meinte Mona. »Könntest du bitte mal nachschauen, ob du aktuell an einen gewissen Sigmar Rothe vermietest?«

Efken erhob sich, ging in seinen Holzverschlag und kehrte mit einer dicken zerfledderten Kladde zurück, in die er seine Ausleihen eintrug: »Ja, da haben wir ihn schon. Rothe hat den Korb EF08 vom 5. bis zum 10. September gemietet und im Voraus bar bezahlt. Das hat alles seine Richtigkeit.«

»Wir sind nicht vom Finanzamt«, stellte Enno grinsend klar und fragte: »Wo steht denn dieses Strandmöbel?«

Der Verleiher streckte den rechten Arm nach vorn: »Da vorn, ein Stück weit vor dem Spülsaum, Richtung elf Uhr.«

Mona erwiderte: »Danke, Wilko! Enno, du wartest bitte hier. Ich bin gleich wieder da.«

Sie überquerte die Promenade und ging zu einem der Beach Fashion Shops, die es dort gab. Die Verkäuferin schien sich zu freuen, als Mona erschien. Wenn die beiden Zivilbeamten nicht gerade einen Mordfall lösen mussten, waren sie meist mit der Bekämpfung von Taschen- und Ladendiebstahl beschäftigt. Von daher kannte der größte Teil des Verkaufspersonals die zwei Polizisten.«

»Moin, Mona! Wo ist denn Enno? Wollt ihr wieder einen Klaubock in die Falle locken?«

»Heute geht es um einen anderen Kriminellen – keinen Dieb. Kea, könntest du mir bitte einen Gefallen tun?«

Die Kommissarin erklärte, was sie vorhatte. Die Verkäuferin war einverstanden, und wenig später trat Mona in einem gelben Bikini aus der Umkleidekabine. Außer dem Zweiteiler lieh Kea ihr auch noch eine Umhängetasche, in der Mona ihre Pistole, ihre Handschellen und ihren Dienstausweis verstauen konnte.

»Es könnte gefährlich werden, oder?«, fragte die Angestellte aufgeregt. Die Kommissarin stutzte. Wirkte sie selbst so angespannt auf ihre Umgebung? Das hoffte sie natürlich nicht. Ennos Plan konnte nur funktionieren, wenn der Verdächtige nicht Lunte roch.

»Wird schon klappen«, meinte Mona. Sie schenkte Kea ein Lächeln, mit dem sie Zuversicht vermitteln wollte.

Wilko Efken bekam große Augen, als die Kriminalistin zu ihm und Enno zurückkam: »Hey, du bist ...«

Sie ließ den Strandkorbvermieter nicht ausreden: »Bitte keine anzüglichen Bemerkungen, ich bin immer noch im Dienst. – Los, bringen wir es hinter uns!«

Der letzte Satz galt natürlich ihrem Kollegen. Mona stapfte durch den warmen weichen Sand vorwärts, Enno folgte ihr mit einem gewissen Abstand – wobei er sich hinter einem riesigen aufgespannten Sonnenschirm versteckte! Seine List basierte darauf, dass seine Kollegin harmloser wirkte als er selbst. In diesem Punkt musste die Kommissarin ihrem Kollegen hundertprozentig recht geben. Sie wurde von ihren Widersachern wegen ihrer geringen Körperlänge oft unterschätzt, bei dem Oberkommissar war das Gegenteil der Fall. Es erwies sich beinahe praktisch unmöglich, einen so großen und massigen Mann wie ihn zu übersehen. Wenn ein Ganove dann auch noch den berüchtigten »Polizistenblick« hatte, durch den manche Straftäter mit traumwandlerischer Sicherheit Ordnungshüter in Zivil erkennen konnten, war der jeweilige Schurke sofort gewarnt. Es war vorgesehen, dass Mona sich zunächst einen Überblick verschaffte – natürlich in Badesachen, so wie die meisten Personen am Strand. Vollständig bekleidet würde sie nur unnötig auffallen. Sie atmete tief durch, während sie sich dem Strandkorb EF08 näherte. Die Kriminalistin schaute nach links. Enno befand sich jetzt zwei bis drei Meter neben ihr – perfekt getarnt durch den Sonnenschirm. Wenn Rothe in die Richtung schaute, würde er von dem Oberkommissar höchstens die Schuhspitzen zu sehen bekommen.

»Ich suche jetzt einen schönen Platz für uns, Schatz«, sagte sie laut.

»Das wäre gut«, gab ihr Kollege gepresst zurück. Er hatte wegen des Windes wahrscheinlich Probleme, den Schirm in der richtigen Position zu halten. Dabei war er alles andere als ein Schwächling. Doch der Sonnenschirm erwies sich offenbar als höchst unhandlich. Mona ging an dem Strandkorb vorbei, den Rothe gemietet hatte. Sie würdigte ihn zunächst keines Blickes. Dann blieb sie stehen, stemmte die Fäuste gegen ihre Hüften und tat so, als ob sie sich einen Überblick verschaffen wollte. Mona trug ihre Sonnenbrille, wie sie das am Strand meist tat. Also konnte Rothe nicht ihre Augen sehen. Auch er selbst hatte seine Pupillen auf diese Art geschützt – vorausgesetzt, bei dem Mann in dem Strandkorb handelte es sich um Rothe. Und wenn dies zutraf, wo steckte dann seine Freundin? Mona ärgerte sich, weil sie nicht vorher im Internet nach Fotos von Sigmar Rothe Ausschau gehalten hatte. Sie schätzte diesen vor ihr sitzenden Mann auf Mitte vierzig. Er trug Bermudashorts und ein weißes T-Shirt, neben ihm stand eine Flasche Bier auf einem der beiden Ausklapptischchen, mit denen ein Strandkorb üblicherweise ausgestattet war.

»Heiß heute«, sagte er lächelnd. Mona hätte schwören können, dass er ihre Figur taxierte – aber wegen seiner Sonnenbrille ließ sich dies nicht genau sagen.

»Ja, das Wetter kann sich für Anfang September sehen lassen«, erwiderte sie.

»Nicht nur das Wetter«, gab der Verdächtige zurück, wobei sein Grinsen noch breiter zu werden schien.

»Wo ist denn Ihre Dame?«, fragte die Kommissarin spitz. »Sonst sieht man Sie ja immer nur in Begleitung.«

Ihre Frage hatte einen doppelten Sinn. Erstens wollte sie Rothe – falls er es war – unmissverständlich klarmachen, dass sie an einem Flirt kein Interesse hatte. Und zweitens musste sie wirklich Paula Nieblers Aufenthaltsort in Erfahrung bringen. Auch denn diese Frau vielleicht selbst nichts auf dem Kerbholz hatte, konnte sie trotzdem Rothes Mitwisserin sein – oder seine Komplizin.

»Sie sprechen von Paula? Sie ist weder meine Frau noch meine Freundin, ich betrachte sie mehr als eine Art Kollegin. Ich bin frei, ungebunden – und ich habe sie bis heute nicht bemerkt, wie ich zu meiner Schande gestehen muss. Sie hingegen scheinen mich schon länger heimlich beobachtet zu haben ...«

Rothes Tonfall war einschmeichelnd. Er schien ein Mann zu sein, der nicht so schnell aufgab. Das kümmerte sie nicht. Für sie war entscheidend, dass sie den richtigen Mann vor sich hatte. Seine Freundin hieß mit Vornamen Paula, er saß im passenden Strandkorb – dies war Sigmar Rothe, der das spätere Mordopfer so eindeutig bedroht hatte.

»Wo ist denn Paula nun?«, hakte die Kriminalistin ungeduldig nach.

»Müssen wir unbedingt über sie sprechen?«, erwiderte Rothe mit einem Anflug von Missfallen in der Stimme. »Wenn Sie es unbedingt wissen müssen: Paula hat heute einen Termin auf dem Festland, sie sitzt jetzt wahrscheinlich schon in der Kleinbahn auf dem Weg zum Fährhafen. – Darf ich Sie zu einem Cocktail einladen? Ich möchte zu gern erfahren, warum Sie sich so für mich interessieren.«

»Das werde ich Ihnen gern mitteilen – und zwar auf der Wache. Ich bin Kommissarin Sander von der Polizei Borkum. Folgen Sie mir bitte, Herr Rothe. Wir haben nämlich auch einige Fragen an Sie.«

Während Mona diese Sätze aussprach, zog sie ihren Dienstausweis aus der Umhängetasche. Natürlich ließ sie die Hände des Verdächtigen nicht aus den Augen. Da er nur mit Bermudashorts und T-Shirt bekleidet war, konnte er in seiner Kleidung nicht unbedingt eine Waffe versteckt haben – höchstens ein kleines Messer, aber keine Pistole und keinen Revolver. Dennoch musste sie davon ausgehen, dass er sich nicht einfach widerstandslos verhaften lassen würde. Das Lächeln oder Grinsen war von seinem Gesicht wie weggeblasen. Rothe erhob sich langsam aus seiner halb sitzenden und halb liegenden Position. Bedrohlich kam er langsam auf die Kommissarin zu – hielt aber plötzlich in der Bewegung inne. Nun hatte nämlich Enno den Sonnenschirm zusammengeklappt und trat neben seine Kollegin. Falls Rothe vorgehabt hatte, eine Schlägerei vom Zaun zu brechen, gab er diese Absicht nun anscheinend auf. Der Oberkommissar wirkte auf die meisten Personen einschüchternd, da bildete dieser Verdächtige keine Ausnahme.

»Ich habe nichts gemacht!«, behauptete Rothe und verschränkte trotzig die Arme vor der Brust. Die Kriminalistin schüttelte den Kopf: »Irrtum – sie haben einen Mann bedroht, der jetzt nicht mehr lebt. Und deshalb legen wir Ihnen lieber Handschellen an.«

Dies war das Stichwort für ihren Kollegen. Enno durchsuchte Rothe kurz und ließ dann die metallene Fessel um die Gelenke des Verdächtigen einrasten. Mona hielt Abstand, um nötigenfalls eingreifen zu können. Aber die Festnahme schien so gewaltlos über die Bühne zu gehen, wie Enno es angestrebt hatte. Doch plötzlich sprang jemand kreischend auf Monas Rücken!

Kapitel 6

Die Person kam buchstäblich aus dem Nichts. Die Kommissarin verfügte eigentlich über gute Instinkte und war äußerst fit in Selbstverteidigung. Deshalb konnte sie oft eine Attacke gegen sich schon im Keim ersticken, indem sie ihrem Widersacher in die Parade fuhr. Doch diesmal war ihre Überraschung so groß, dass sie das Gleichgewicht verlor und der Länge nach zu Boden ging. Mona fühlte Sand in ihrem Mund, ihrer Nase und ihren Augen. Jemand krallte sich in ihre schulterlangen Haare, die sie für ihre »Strand-Identität« gelöst hatte. Normalerweise trug sie nämlich während des Dienstes entweder eine Hochsteckfrisur oder einen Dutt, wodurch ihre Frisur nicht so leicht zu greifen war.

»Das bringt doch nichts, Paula!«, hörte sie Rothe rufen. Dessen Freundin war also keineswegs Richtung Festland unterwegs. Aus welchem Grund sie ihre Pläne geändert hatte, konnte man später immer noch herausfinden. Jetzt galt es für die Kommissarin erst einmal, diese Frau loszuwerden – und zwar, bevor Enno zu ihren Gunsten eingriff. Es hätte Mona in ihrer Polizistinnenehre gekränkt, wenn sie sich nicht selbst von der heimtückischen Widersacherin befreien konnte. Mona packte tastend Paulas Hände und bog die kleinen Finger ihrer Gegnerin nach außen. Die Täterin schrie erneut, diesmal vor Schmerzen. Die Ermittlerin wand sich wie eine Schlange, drückte Paula zur Seite und kam aus ihrer liegenden Position hoch. Im nächsten Moment hatte sie die Arme ihrer Kontrahentin auf den Rücken gedreht und ihr Handschellen angelegt. Die Badegäste bildeten nun ein weites Rund um die Kommissare sowie Sigmar Rothe und Paula Niebler. Sie kommentierten das Geschehen mit aufgeregten Rufen. Einige von ihnen filmten ungeniert mit ihren Smartphones.

»Unterlassen Sie das, dies ist ein Polizeieinsatz!«, fauchte Mona. Dabei war ihr durchaus bewusst, dass sie in ihrem knappen Bikini nicht besonders dienstlich wirkte.

»Ich fordere Kollegen an, um die beiden Herrschaften abzutransportieren«, sagte Enno und fischte sein Funkgerät aus der Tasche. Während er mit der Wache sprach, schaute die Kommissarin sich Paula genauer an. Rothes Freundin trug Tennisschuhe, ein hellblaues Minikleid und eine große Sonnenbrille, die ihr während des Kampfes von der Nase gerutscht war. Eine Handtasche hatte sie auch bei sich. Ihre Ringe und Armreifen waren kein Modeschmuck, sondern echt und hatten gewiss eine Stange Geld gekostet. Allerdings entsprach Paula keineswegs dem Klischeebild einer Prostituierten, jedenfalls nicht nach Monas Meinung. Aber dies war ja die Einschätzung des Hoteliers gewesen, vielleicht hatte er einfach konservativere Ansicht als die junge Kommissarin. Sie ermahnte die Umstehenden noch mehrfach, keine weiteren Filmaufnahmen zu machen. Aber Mona erreichte allenfalls, dass die Gaffer ein paar Schritte zurücktraten. Endlich traf die Verstärkung auf der Promenade ein. Der Oberkommissar hatte um zwei Autos gebeten, damit die Verhafteten sich nicht untereinander absprechen konnten. Mona half Paula aus dem Sand hoch und brachte sie in den Streifenwagen, der von Polizeimeister Hinderk Ekhoff gefahren wurde. Enno schaffte Rothe in den Polizei-Bulli, der hinter ihnen hielt. Die kurze Fahrt zur Dienststelle verlief wortlos, die Verdächtige schwieg verbissen. Mona belehrte sie vorschriftsmäßig über ihre Rechte.

»Haben Sie meine Sätze verstanden?«, vergewisserte sie sich.

»Ja.«

Dies war das einzige Wort, welches zunächst über Paula Nieblers Lippen kam. Während die Verdächtige in der Polizeistation von einer Kollegin erkennungsdienstlich behandelt wurde, hielt Mona sich noch kurz im Wachlokal auf, um eine Tasse Tee zu trinken und nach der aufregenden Verhaftung durchzuatmen. Aiske Berend wollte natürlich von ihr erfahren, was es mit dem ungewöhnlichen Outfit der Kommissarin auf sich hatte. Normalerweise erschien Mona ja nicht in Badekleidung zum Dienst. Bevor sie Aiske von den Ereignissen erzählen konnte, platzte Grietje herein. Und natürlich konnte die freche Polizistin sich eine Bemerkung nicht verkneifen: »Bin ich hier richtig bei der Wahl zur *Miss Bikini Borkum*?«

»Sehr lustig, Grietje.«

»Es ist bestimmt nicht meine Schuld, wenn du mir ständig Steilvorlagen für einen Scherz lieferst, Mona! Aber ich kann nicht nur dumme Sprüche klopfen, ich bin auch eine erstklassige Polizistin!«

Mit diesen Worten zog sie so effekthascherisch wie eine Zauberkünstlerin einen Beweismittelbeutel hinter ihrem Rücken hervor. Er enthielt eine Textilie, auf der sich deutlich sichtbare Blutspritzer befanden.

*

Mona stieß einen anerkennenden Pfiff aus.

»Wo hast du das Beweisstück sichergestellt?«, fragte sie.

»In einem Abfallkorb auf der Jann-Berghaus-Straße. Der Behälter hängt ungefähr dort, wo die Straße Am Westkaap endet. Gleich daneben befinden sich bekanntlich die öffentlichen Toiletten – und ein Müllbehälter.«

Die Kommissare kannte die Stelle. Von der Norderstraße bis zu dem Abfalleimer benötigte man zu Fuß zehn Minuten, mit dem Rad ging es natürlich noch schneller. Aber zwischen dem Tatort und der Jann-Berghaus-Straße befanden sich noch mehrere andere Container, in denen man das Kleidungsstück hätte entsorgen können. Warum war dies nicht geschehen? Dafür konnte es mehrere Gründe geben. Mona hielt es für wahrscheinlich, dass bei den übrigen Gelegenheiten jeweils Zeugen in der Nähe gewesen waren. Sie ermahnte sich innerlich, nicht zu früh in Jubel auszubrechen. Zunächst musste geklärt werden, wem die Textilie gehörte. Die Kommissarin zückte ihr Smartphone, das sie ebenfalls in der Umhängetasche bei sich hatte. Sie machte einige Fotos von dem Beweisstück. Erst, wenn die Blutspritzer dem Opfer zugeordnet werden konnten, war es ein brauchbares Indiz in dem Mordfall. Zunächst mussten die Kommissare herausfinden, wem das Oberteil gehörte. Es handelte sich um ein Trikot des LAKERS Basketball Teams, hellgelb mit violetter Schrift. Mona fielen auf Anhieb mehrere Shops auf Borkum ein, in denen diese lässige Freizeitkleidung erhältlich war. Enno kam zu den Polizistinnen ins Wachlokal.

»Rothe verlangt einen Strafverteidiger, auch Paula Niebler besteht auf einem Anwalt, bevor sie aussagt«, berichtete er.

»Dann werden diese Herzchen unsere Gäste bleiben, bis ihre Rechtsbeistände auf Borkum eingetroffen sind«, sagte Mona. »Schau nur, was Grietje entdeckt hat!«

Die Polizeimeisterin sonnte sich in ihrem frisch erworbenen Ruhm. Der Oberkommissar setzte seine Brille auf und schaute die Textilie in dem Beweismittelbeutel genauer an: »Das Trikot sieht nicht ganz neu aus, es dürfte schon mehrere Male gewaschen und gebügelt worden sein. Das ist gut – es wurde also getragen, jemand wird es vermissen oder hat es schon an anderen Personen gesehen. Lass uns zunächst die Rademachers danach fragen.«

»Ja, aber vorher ziehe ich mich wieder um«, stellte Mona klar.

»Bleib doch ruhig in dem Outfit, die Aufmerksamkeit der männlichen Kollegen ist dir sicher«, lästerte Grietje.

»Kümmere du dich lieber darum, dass dieses Kleidungsstück so bald wie möglich im kriminaltechnischen Labor landet«, gab die Kommissarin sachlich zurück. Manchmal bestand das beste Mittel gegen die humorigen Bemerkungen der jungen Polizistin darin, sie an ihre Pflichten zu erinnern. Mona und Enno verließen die Wache und gingen durch die Bismarckstraße auf die Promenade zu.

»Rothe hat den Strandkorb schon am 5. September gemietet«, unterstrich der Oberkommissar, »und Lerke starb heute, also am 7. September. Da frage ich mich doch, warum der Verdächtige und seine Begleiterin weiterhin am Strand die Nase in die Sonne halten, anstatt so schnell wie möglich zu türmen.«

»Ich sehe zwei Möglichkeiten, Enno. Entweder hat Rothe trotz seiner Drohung Lerke gar nicht umgebracht – dann wäre eine Flucht sinnlos. Oder er war der Täter und ist auf Borkum geblieben, um nicht durch eine überstürzte Abreise Aufsehen zu erregen.«

»Ja, beides wäre möglich. Ich bin sicher, dass Grietjes Fundstück uns weiterbringt«, erwiderte Enno mit seiner gewohnten Zuversicht. Die beiden suchten den Beach Fashion Shop auf, in dem Mona ihre Kleidung zurückgelassen hatte. Während Mona sich erneut umzog, versuchte Kea, Enno über den Zugriff am Strand auszuhorchen. Aber der Kriminalist gab nicht viel preis, wie seine Kollegin von der Umkleidekabine aus hören konnte: »Es ist alles planmäßig über die Bühne gegangen, niemand wurde ernsthaft verletzt.«

»Ganz Borkum spricht schon von dem Mord in der Norderstraße«, betonte die Verkäuferin. »Sind die beiden, die ihr verhaftet habt, dafür verantwortlich?«

»Dazu darf ich mich nicht äußern«, gab der Oberkommissar bedauernd zurück. Mona fühlte sich wieder wohl in ihrer Haut, als sie vollständig bekleidet aus der Kabine trat. Sie war nicht prüde und hatte eigentlich keine Probleme damit, sich in Badekleidung zu zeigen. Aber die Kommissarin zog es vor, scharf zwischen Beruf und Freizeit zu trennen. Daher fühlte es sich für sie nicht richtig an, während der Dienstzeit einen Bikini zu tragen, obwohl Ennos List alles in allem gut funktioniert hatte. Die Ermittler verabschiedeten sich von Kea und setzten ihren Weg Richtung Norderstraße fort.

»So ein gelbes LAKERS-Trikot ist ja nicht gerade unauffällig«, dachte die Kommissarin laut nach, »ich frage mich, warum der Mörder es während der Tat angehabt hat.«

»Darüber habe ich mir auch schon den Kopf zerbrochen«, erwiderte ihr Kollege, »entweder war es gar nicht geplant, Lerke zu erstechen – in dem Fall wird der Täter sich nicht überlegt haben, was er anziehen soll. Oder er hatte gezielt vor, sein Opfer zu töten. Für diese Absicht ist das Kleidungsstück höchst effektiv.«

»Das ist mir zu hoch«, gab Mona zu. »Wenn ich einen Mord plante, würde ich gewiss nicht so ein auffälliges Oberteil wählen.«

»Diese Basketballtrikots sind ja sehr weit geschnitten«, begann Enno, »man kann sie also bequem über einem T-Shirt oder einer Bluse tragen. Ich stelle es mir so vor: Der Täter weiß, dass Lerke sterben soll. Er hat sein Messer dabei und rechnet mit Blutspritzern, wenn er zusticht. Als er den Mord begeht, hat er das LAKERS-Oberteil an. Die Spuren seiner feigen Tat landen auf dem Trikot, wie es vorherzusehen war. Er zieht es aus, darunter trägt er dezente Kleidung. Das befleckte Basketballshirt steckt er in eine Tüte oder Tasche, dann verlässt er ruhig das Haus und geht Richtung Strand. Als er sicher ist, nicht beobachtet zu werden, stopft er die verräterische Textilie in den Mülleimer und verschwindet.«

»Ja, so kann es sich abgespielt haben«, sagte seine Kollegin. Wenig später hatten sie das Ferienhaus erreicht und klingelten. Es dauerte nicht lange, bis Rademacher ihnen öffnete.

»Moin, Enno. Schön, dich zu sehen. – Gibt es schon eine Spur von ›Juliana‹?«, fragte er anstelle einer Begrüßung, wobei er den Kommissaren einen flehenden Blick zuwarf.

»Wir ermitteln mit Hochdruck«, erwiderte Mona. Und sie ließ unerwähnt, dass sie und Enno hauptsächlich auf den Mörder fixiert waren. Ob es sich bei ihm gleichzeitig um den Dieb der Galionsfigur handelte, war noch nicht deutlich. Allerdings hatten inzwischen die Kriminaltechniker das Sieben-Meere-Zimmer und die Außenfassade des Hauses sowie den Garten gründlich unter die Lupe genommen. Die Kommissare wussten noch nicht, ob die Spurensicherung Ergebnisse gebracht hatte. Mona und Enno folgten Rademacher in die Küche, wo seine Frau mit den Vorbereitungen für das Mittagessen beschäftigt war. Sie schnitt gerade Tomaten und Gurken für einen Salat. Brigitte Rademacher blickte lächelnd auf, als ob Freunde zu Besuch kämen: »Da sind Sie ja schon wieder! Möchten Sie mit uns essen? Es gibt Jägerschnitzel mit Salzkartoffeln und Salat.«

»Nein, danke«, erwiderte die Kommissarin. »Haben Sie dieses Kleidungsstück schon einmal gesehen?«

Mit diesen Worten zeigte sie dem Ehepaar die Aufnahme, die sie von dem LAKERS-Trikot gemacht hatte. Brigitte und Hauke Rademacher schauten das Bild an, dann schüttelten sie die Köpfe.

»So ein auffälliges Hemd wäre mir bestimmt im Gedächtnis geblieben«, sagte Rademacher. Und seine Frau äußerte sich ähnlich: »Ich kann Ihnen leider auch nicht weiterhelfen. – Hat der Täter diese Textilie getragen? Sind das Blutspritzer dort auf dem Stoff?«

»Wir gehen unterschiedlichen Hinweisen nach«, erwiderte Enno, wobei er sich bewusst vage ausdrückte. »Und wir müssten das Foto auch Ihrer Nichte zeigen.«

Rademacher erklärte: »Sabrina wollte sich hinlegen. Ich weiß nicht, ob sie überhaupt schlafen konnte. Durch das Klingeln könnte sie wieder wach geworden sein. – Ich freue mich, dass du wieder da bist, Enno. Du hast mir ja damals schnell und effektiv helfen können.«

Die Kommissarin wunderte sich nicht darüber, dass der Alte mit ihrem Kollegen offenbar per Du war. Die beiden Männer lagen altersmäßig nicht so weit auseinander, und der Oberkommissar war ein unkomplizierter Mensch, der schnell Vertrauen aufbauen konnte. Wollte Rademacher durch seine Bemerkung ausdrücken, dass er von Monas Ermittlungsfähigkeiten nicht viel hielt? Nun, damit konnte sie leben.

»Ich weiß ja, in welchem Zimmer Ihre Nichte wohnt«, erwiderte die Kriminalistin, »wir sprechen noch kurz mit ihr, dann sind wir auch schon wieder weg.«

Die Kommissarin wandte sich der Treppe zu und stieg ins erste Stockwerk hoch. Sie hoffte, von dem hessischen Kollegen bald Informationen über den angeblichen Mord zu bekommen, den Noah Lerke in Sabrina Geesens Auftrag begangen haben sollte. Natürlich hätte Mona auch noch einmal Lerkes Mutter anrufen können, aber von Hauptkommissar Rogge würde sie gewiss objektive Angaben erhalten. Sie klopfte an die Zimmertür.

»Lasst mich in Ruhe!«

Die Stimme der jungen Frau klang brüchig, sie hatte wahrscheinlich geweint.

»Frau Geesen? Hier ist Kommissarin Sander. Mein Kollege und ich müssen noch einmal mit Ihnen sprechen. Es gibt eine neue Spur, die uns zum Mörder führen könnte.«

Die Kriminalistin hatte den Satz kaum beendet, als Sabrina die Tür aufriss. Ihre Augen waren gerötet, ihre Wangen fahl. Noah Lerkes Tod schien sie wirklich stark mitgenommen zu haben. Dies war allerdings noch kein Beweis für ihre Unschuld. Mona hatte schon öfter erlebt, dass sich ein Täter oder eine Täterin als trauernder Angehöriger in Szene gesetzt hatte, um möglichst überzeugend von sich selbst abzulenken.

»Kommen Sie herein.«

Die Ermittler folgten der Aufforderung, wobei Enno sich bücken musste, um nicht mit dem Kopf gegen den oberen Türrahmen zu stoßen. Als dieses Haus einst errichtet wurde, waren die Menschen noch nicht so hochgewachsen gewesen. Der Oberkommissar stellte sich selbst vor und zeigte seinen Dienstausweis. Sabrina fuhr sich mit den Handflächen über ihr Gesicht und sagte: »Ich dachte, dass mein Onkel und meine Tante vor der Tür stehen würden. Ich habe mich mit ihnen gestritten, sie sorgen sich nur wegen dieser blöden Galionsfigur. Dass Noah tot ist, scheint sie überhaupt nicht zu kümmern!«

Mona hatte den Eindruck, dass zumindest Brigitte Rademacher keineswegs über den Verlust der Holzskulptur betrübt war, aber das war jetzt zweitrangig. Sie erklärte: »Wir haben ein Kleidungsstück sichergestellt, das der Mörder getragen haben könnte. Kommt es Ihnen bekannt vor?«

Sie holte ihr Smartphone aus der Tasche und zeigte das Foto. Sabrina rang nach Luft: »Ja, das … LAKERS-Shirt gehörte Noah! Es hing dort im Schrank!«

Die junge Frau riss die Türen des Kleiderkastens auf und deutete auf einige andere farbenfrohe Hemden, die dort ordentlich auf Bügeln hingen.

»Es ist nicht mehr da!«, stellte sie überflüssigerweise fest.

»Der Täter wird es übergezogen haben«, meinte Enno. »Mit etwas Glück können wir sowohl das Blut Ihres Freundes als auch DNA des Mörders auf dem Stoff nachweisen.«

»Sie vertrauen also auf Ihr Glück? Und was tun Sie noch, um diesen Verbrecher festzunehmen?«, wollte Sabrina wissen. Mona stellte eine Gegenfrage: »Sagt Ihnen der Name Sigmar Rothe etwas?«

»Nee, wer soll das sein?«

»Ihr Freund schien eine Geschäftsbeziehung mit ihm zu unterhalten.«

»Wollen Sie mich verschaukeln, Frau Sander? Noah genoss seine Freizeit, er ging keiner Beschäftigung nach.«

»Und was ist mit Paula Niebler?«, hakte Mona nach.

»Ich hab keine Ahnung, wer das sein soll«, lautete die Antwort.

»Vielleicht hat Ihr Freund Ihnen nicht alles erzählt«, gab der Oberkommissar zu bedenken.

»Das kann ich mir nicht vorstellen«, murmelte Sabrina. *Es hört sich so an, als ob sie sich selbst überzeugen will,* dachte Mona.

»Fühlte Noah sich bedroht oder verfolgt? Gibt es jemanden, vor dem er weggelaufen ist?«, hakte Mona nach.

»Nein, es ging ihm gut«, beharrte Sabrina.

»Sie haben vorhin gesagt, dass es keine andere Frau im Leben Ihres Freundes gäbe«, begann die Kommissarin, »und gehen Sie bitte nicht gleich an die Decke, sondern lassen mich ausreden! Es wäre ja möglich, dass es eine Verehrerin gab, er aber ihre Gefühle nicht erwidert hat. – Falls Noahs Tod nämlich nicht mit dem Einbruch zusammenhängt, müssen wir jede andere Möglichkeit in Betracht ziehen.«

Sabrina lachte, was aber keineswegs amüsiert klang. Das Geräusch erinnerte eher an das Krächzen eines Raubvogels. Sie sagte: »Sie fragen sich, wer außer dem Dieb der Galionsfigur Noah getötet haben könnte? Wie wäre es denn mit dem Liebhaber meiner Tante?«

Die Kommissarin horchte auf. Ging Brigitte Rademacher wirklich fremd? Geheimniskrämerei in einer Ehe war oft der Nährboden für Verbrechen, das hatte sie schon mehr als einmal feststellen müssen.

»Erzählen Sie uns mehr über diesen Mann «, forderte Mona. Noch war sie nicht davon überzeugt, dass es diesen »Hausfreund« wirklich gab. Nach Meinung der Kommissarin war Sabrina selbst verdächtig genug. Diese Frau hatte etwas zu verbergen, daran zweifelte Mona nicht. Aber es war natürlich nicht ausgeschlossen, dass auch Sabrinas Tante ein pikantes Geheimnis hatte.

»Viel weiß ich nicht über ihn«, sagte die Studentin. »Mir ist aber nach unserer Ankunft hier bald aufgefallen, dass mein Onkel und meine Tante nebeneinanderher leben. Onkel Hauke zieht sich ja gern in seine Fantasiewelt mit seinen Büchern und Schiffsmodellen zurück. Man sollte gar nicht meinen, dass er überhaupt verheiratet ist. – Und dass Tante Brigitte einen Freund hat, habe ich durch Zufall herausgefunden. Noah und ich waren vorige Woche abends am Strand, haben uns da ein Livekonzert angehört. Als wir zurückkamen, sahen wir meine Tante aus einem Auto steigen, das ein Stück weit vom Haus entfernt hielt. Wahrscheinlich, damit mein Onkel nicht vom Fenster aus sehen konnte, dass seine Frau sich in der Karre befand. Für einen Moment wurde das Licht im Fahrzeuginneren eingeschaltet. Wir konnten erkennen, dass Tante Brigitte den Fahrer mit einem heißen Kuss verabschiedete.«

»Können Sie den Mann beschreiben?«, wollte Enno wissen.

»Er hatte hellbraunes Haar und einen Bart, mehr war nicht zu erkennen. Nachdem sie den Wagen verlassen hat, ist er gleich losgefahren.«

»Das sind nicht viele Informationen«, stellte die Kriminalistin fest. »Wie sah denn das Auto aus?«

»Es war ein roter Kastenwagen, mit aufgemaltem gekreuztem Hammer und Pinsel auf der Seite. Da war auch Schrift zu sehen, aber die konnte ich auf die Entfernung und bei dem schlechten Licht nicht lesen.«

»Kein Problem – ich weiß, wem das Fahrzeug gehört«, versicherte der Ostfriese. Auch Mona glaubte nun, diesen Wagen schon einmal gesehen zu haben – obwohl sie ihm keinen Besitzer zuordnen konnte. Sie interessierte nun ein anderer Punkt: »Warum halten Sie es für möglich, dass dieser Mann Ihren Freund getötet haben könnte?«

Sabrina zuckte mit den Schultern: »Vielleicht hat Noah den Kerl überrascht, als er die Galionsfigur klauen wollte. Und da er keine Zeugen brauchen konnte, musste mein Freund eben sterben.«

Allerdings war die Holzskulptur schon fort gewesen, als Lerke im Sieben-Meere-Zimmer erstochen wurde. Natürlich war es denkbar, dass der Dieb aus einem anderen Grund zurückgekehrt war. Darüber hatte Mona schon zuvor nachgedacht. Sie sagte: »Ich muss noch einmal auf das LAKERS-Shirt zurückkommen. Ihre Tante und Ihr Onkel haben es nicht wiedererkannt. Haben Sie dafür eine Erklärung?«

Sabrina Geesen zuckte mit den Schultern: »Ganz einfach – Noah hatte das Trikot noch nicht angehabt, seit wir im Ferienhaus eingezogen sind. Es hing immer nur im Schrank. Und ich glaube nicht, dass meine Verwandten unser Schlafzimmer betreten haben, seit wir auf Borkum ankamen.«

»Das wäre für den Moment alles. Sie können mich jederzeit anrufen, wenn Ihnen noch etwas einfällt.«

Mit diesen Worten legte die Kommissarin eine ihrer Visitenkarten auf den Nachtschrank. Die Ermittler verließen das Ferienhaus. Als sie von der Norderstraße in die Strandstraße einbogen, fragte Mona: »Wem gehört denn nun der Kastenwagen?«

Enno antwortete: »Der Besitzer heißt Lars Dörping. Er ist eine Art Allround-Handwerker, der von Reparaturen bis zum Anstreichen alle Arbeiten rund ums Haus erledigt. Darum hat er einen Hammer und einen Pinsel auf sein Fahrzeug malen lassen. Und es trägt außerdem die Aufschrift: *Dörping Dienstleistungen.* – Ich halte es übrigens für durchaus vorstellbar, dass er ein Verhältnis mit Brigitte Rademacher hat. Dörping steht auf verheiratete Frauen, die älter sind als er.«

»Woher weißt du das?«

»Der Kerl hat sich auch schon mal an meine Frau herangemacht«, erwiderte der Oberkommissar mit unbewegter Miene.

Kapitel 7

Das Thema Untreue war für Mona aus persönlichen Gründen ganz besonders heikel. Sie war während einer Fortbildung in Hannover einmal fremdgegangen, was sie zutiefst bereute – denn sie liebte ihren Freund Jan Lummer sehr. Bisher war sie noch nicht dazu in der Lage gewesen, ihm ihren Fehltritt zu gestehen. Nur Enno wusste, was geschehen war. Sie hatte ihrem Kollegen gebeichtet, was sie getan hatte. Seine Reaktion war verständnisvoll gewesen: »Wir sind alle Menschen, und wir machen Fehler. Aber du wirst Jan die Wahrheit sagen müssen, sonst zerfrisst dich dein Geheimnis.«

Was hatte sich zwischen Lars Dörping und Birte Moll abgespielt? Die Kommissarin traute sich nicht, nachzufragen. Das war aber gar nicht nötig, denn Enno sprach nun weiter: »Dieser Handwerker hat natürlich den idealen Job, um mit zahlreichen Frauen Kontakt aufzunehmen – Insulanerinnen und Touristinnen gleichermaßen. Ich weiß nicht, bei wie vielen Damen er mit seiner Masche Erfolg hat, denn er sieht ja zugegebenermaßen ganz attraktiv aus. Dörping sollte unsere Regenrinne reparieren, was er auch zu unserer Zufriedenheit erledigte. – Als ich an dem fraglichen Tag abends nach Hause kam, hat Birte mir gleich von seinem Annäherungsversuch berichtet, den sie natürlich zurückgewiesen hat. Dennoch habe ich einen schmerzlichen Verlust erlitten.«

»Wie meinst du das?«

Enno grinste breit und erwiderte: »Meine Frau hatte eine Ostfriesentorte gebacken. Als der Kerl Birte angebaggert hat, ist diese Leckerei nicht auf unseren Tellern, sondern in seinem Gesicht gelandet.«

Die beiden brachen in ein befreiendes Lachen aus. Als sie sich wieder beruhigt hatten, meinte Mona: »Ich habe Dörpings Auto schon mehrfach gesehen, persönlich kenne ich ihn allerdings nicht – aber ich bin ja auch nicht verheiratet. Rücken wir ihn auf die Bude?«

»Ja, das können wir heute noch erledigen. Die Befragungen von Sigmar Rothe und Paula Niebler müssen sowieso bis morgen warten, früher werden die Strafverteidiger nicht auf der Insel eintreffen. Es kann jedenfalls nichts schaden, Dörpings Alibi zu überprüfen.«

Die beiden holten ihren Dienstwagen, der auf dem Hof der Wache parkte. Sie stiegen in das Auto ohne Polizeimarkierung und fuhren zur Reedestraße.

»Dörping hat ein Haus mit angegliederter Werkstatt auf halbem Weg zwischen dem Ort und dem Fährhafen«, teilte Enno seiner Kollegin mit.

»Weiß der Kerl eigentlich, dass Birte mit dir über seinen Annäherungsversuch gesprochen hat?«

»Ich hab keine Ahnung, Mona. Seine Rechnung für die Reparatur wurde von mir jedenfalls ordnungsgemäß bezahlt.«

Es dauerte nicht lange, bis sie ihr Fahrtziel erreicht hatten. Der Straßenverkehr auf der wichtigen Verbindungsstrecke hielt sich am späten Nachmittag in Grenzen. Die letzten Fähren Richtung Emden und Eemshaven hatten bereits abgelegt, vor dem nächsten Morgen waren keine neuen Pkws und Lastwagen vom Festland zu erwarten. Dörpings Rotziegelhaus befand sich in der Nähe des Solarparks. Hier gab es kaum andere Wohnbebauung. *Ein idealer Platz, um diskret Damenbesuch zu empfangen,* dachte Mona. Zumindest musste der Handwerker nicht mit neugierigen Nachbarn rechnen. Der Kastenwagen stand im Carport.

»Der Herr scheint daheim zu sein«, sagte Mona, bevor sie Sturm zu klingeln begann. Die einzig hörbare Reaktion bestand aus wildem Hundegebell. Dann wurde die Tür geöffnet. Sabrina Geesen hatte den Liebhaber ihrer Tante gut beschrieben – die Haarfarbe und der Bart passten schon mal. Der Mann war hochgewachsen und athletisch, er trug Jeans und ein dunkelrotes T-Shirt. Er hielt einen Labrador am Halsband. Der Hund hörte mit dem Bellen auf, wedelte mit dem Schwanz und begann zu winseln. Die Kommissarin hatte ein Herz für Tiere, sie war selbst stolze Besitzerin einer riesigen Dogge namens Rufus. *Es gibt also wenigstens einen Hausbewohner, den ich sympathisch finde,* dachte sie und blinzelte dem Labrador zu. Dörping war wegen seines Interesses an verheirateten Frauen bei ihr schon unten durch, obwohl – *wer im Glashaus sitzt, soll nicht mit Steinen werfen,* dachte sie voller Selbstironie. Der Handwerker lächelte, als er Mona erblickte – doch sein Grinsen fror ein, nachdem auch Enno nähergetreten war.

»Moin, Lars – das ist meine Kollegin, Kommissarin Sander. Können wir hereinkommen?«

Der Oberkommissar trat den meisten Menschen zugewandt und freundlich gegenüber, momentan sprach er allerdings kühl und sachlich – was Mona aufgrund der zurückliegenden Ereignisse nachvollziehen konnte. Gleichzeitig war sie sicher, dass Enno sich bei der Beurteilung von Dörping nicht durch seine persönliche Abneigung beeinflussen lassen würde.

»Und wie heißt dieser Racker?«, fragte die Kriminalistin, während sie an Dörping vorbei ins Haus ging und den Kopf des Labradors tätschelte.

»Das ist *Halunke*.«

Was sollte sie von einem Mann halten, der seinem Hund einen solchen Namen gab? Mona verkniff sich einen Kommentar. Im Flur roch es nach Tischlerleim und Schnaps. Dörping hatte eine leichte Alkoholfahne, wirkte aber nicht angetrunken. Wahrscheinlich hatte er den Feierabend mit etwas Hochprozentigem eingeläutet. Diese Vermutung bestätigte sich, als Mona das Wohnzimmer betrat. Dort stand eine geöffnete Flasche Doppelkorn auf dem Tisch, außerdem ein fast leeres Glas.

»Gibt es etwas zu feiern?«, fragte Enno, wobei er auf die Pulle mit dem Klaren deutete. Dörping schüttelte den Kopf: »Nee, ich trinke nur gern einen, wenn ich abends nicht mehr hinters Steuer muss.«

Die Kommissarin schaute sich um. Die Tapeten waren verblichen und teilweise abgerissen. Ein Gemälde, das eine Viermastbark in stürmischer See zeigte, wurde durch eine Glasscheibe vor Verschmutzung geschützt – diese war allerdings gesprungen. Die Sitzgarnitur sah aus, als ob Dörping sie von hochbetagten Verwandten geerbt hätte. Er brachte anderer Leute Häuser in Ordnung, legte aber offenbar wenig Wert auf eine gepflegte Atmosphäre in seinem eigenen Heim.

»Fragst du dich gar nicht, warum wir hier sind?«, wollte Enno wissen.

»Ihr werdet es mir bestimmt gleich verraten«, erwiderte Dörping. Sein Tonfall war nicht aufsässig oder herausfordernd. Er sprach ähnlich neutral und emotionslos, wie Enno es momentan tat.

»Es hat in der Norderstraße einen Mord gegeben, und zwar im Ferienhaus von Hauke Rademacher«, sagte der Oberkommissar, wobei er dem Verdächtigen direkt in die Augen blickte.

»Ich hörte bereits davon.«

»Und wo haben Sie diese Information aufgeschnappt, Herr Dörping?«, fragte Mona. Die Kommissarin siezte ihn – nur, weil Enno mit ihm per Du war, musste dies nicht auch für sie gelten.

»Ich war vorhin am Strand, hab in der Milchbude von Gesche Klum eine neue Markise angebracht«, lautete die Antwort. »Es hieß auch, dass ihr das Mörderpärchen schon verhaftet hättet.«

Die Ermittlerin unterdrückte ein Seufzen. Bei der Konfrontation mit Rothe und dessen Freundin hatte es so viele Gaffer gegeben, dass es an ein Wunder gegrenzt hätte, wenn die ganze Insel nicht schon von der Festnahme Wind bekommen hätte.

»Ob es sich bei den beiden Personen um ein *Mörderpärchen* handelt, muss sich erst noch herausstellen«, machte Enno deutlich, »uns interessiert, ob du etwas über das Verbrechen weißt.«

Halunke schien sich zu Mona hingezogen zu fühlen. Die Kommissarin lehnte sich gegen eine altmodische Anrichte, die an der Schmalseite des Raums stand. Der Hund rieb seinen Kopf an Monas Knie, wobei er Laute des Wohlbefindens von sich gab. Dörping lächelte und sagte: »Sie scheinen einen neuen Freund gefunden zu haben.«

Die Kriminalistin schaute ihm direkt in die Augen: »Ja, es gibt eben Halunken, die sich an jede Frau heranmachen.«

Der Verdächtige zuckte zusammen, als ob sie ihn getreten hätte. Mona verfluchte wieder einmal ihre flinke Zunge. Eigentlich hatte sie die Gesprächsführung Enno überlassen wollen, der Dörping bereits kannte und über dessen Vorlieben Bescheid wusste. Gleichzeitig fragte sie sich, ob dieser Mann sie vielleicht an den Polizeikollegen erinnerte, mit dem sie in Hannover im Bett gewesen war. Enno fragte: »Weißt du etwas über die Verbrechen in der Norderstraße? Wir können jeden Hinweis gebrauchen, der unsere Ermittlungen voranbringt.«

»Ich würde euch gern helfen, aber ich muss passen. Und warum sprichst du in der Mehrzahl von Straftaten? Hat es mehr als einen Mord gegeben?«

»Nein, aber neben dem Tötungsdelikt außerdem einen Einbruchdiebstahl. Du willst also keine Angaben machen, Lars?«

»Ich bin auch dafür, dass auf Borkum Ruhe und Ordnung herrschen«, beteuerte der Handwerker, »aber warum sollte ich etwas über diese Verbrechen wissen?«

»Weil du ein Verhältnis mit Brigitte Rademacher hast«, erklärte der Oberkommissar gelassen, »du musst gar nicht erst versuchen, es zu leugnen. Wir haben Zeugen, die euch zusammen gesehen haben.«

Dörping wirkte geschockt. Er ließ sich in den Sessel fallen, füllte das fast leere Schnapsglas bis zum Rand und trank es gänzlich aus. Als er wieder den Mund öffnete, sprach er mit schwerer Zunge: »Brigitte hat mich um Diskretion gebeten. Sie wollte nicht, dass Hauke davon erfährt.«

»Und als Ehrenmann haben Sie darauf natürlich Rücksicht genommen!«, höhnte Mona. Ihr war bewusst, warum sie den Verdächtigen so scharf anging. Ehebruch mochte moralisch verwerflich sein – eine Straftat stellte er nicht dar. Für die Kommissare war eigentlich nur interessant, ob Dörping Noah Lerke ermordet und/oder die Galionsfigur gestohlen hatte. Sein Verhältnis mit der Hausherrin war indirekt interessant, weil es ein Mordmotiv sein konnte.

»Sie können das nicht verstehen«, behauptete Dörping und senkte den Blick. Er machte Anstalten, sein Glas noch einmal zu füllen.

»Hör mit dem Saufen auf, du brauchst jetzt einen klaren Kopf«, bestimmte Enno.

»Du bist immer noch sauer auf mich wegen des Missverständnisses mit deiner Frau«, murmelte Dörping.

»Lenk nicht ab, diese Befragung hat mit Birte nichts zu tun«, stellte der Ostfriese klar. Mona ergänzte: »Für den Mord gibt es keine Zeugen, aber der Diebstahl sollte sich sehr leicht durch das Wiederfinden der Beute aufklären lassen.«

Mit diesen Worten löste sie sich von der Anrichte und ging zur gegenüberliegenden Zimmerecke hinüber, in der ein Gegenstand unter Sackleinen verborgen war. Wie eine Zauberkünstlerin zog sie das Tuch weg.

Darunter befand sich eine Galionsfigur!

Kapitel 8

Dörping schien ihren triumphierenden Gesichtsausdruck nicht zu begreifen: »Ja, das ist eine Galionsfigur. Na, und?«

»So eine Skulptur wurde Hauke Rademacher gestohlen!«

»Mag sein, aber nicht von mir. – Diese Galionsfigur wurde mir von Alma Schütte geschenkt, als ich ihren Dachboden entrümpelt habe. Ihr könnt sie fragen, wenn ihr wollt.«

Mona öffnete den Mund, um den Verdächtigen mit Hohn und Spott zu übergießen. Aber sie wurde von Enno gebremst: »Ich muss Lars recht geben. Die Statue hier ist nicht diejenige, die bei Rademacher geklaut wurde.«

Mona schaute sich das Kunstwerk nun genauer an. Es stellte eine junge Frau dar, die eine Art Strahlenkranz auf dem Kopf hatte. In der rechten Hand hielt sie ein Zepter.

»Wie sind Sie überhaupt darauf gekommen, dass ich eine Galionsfigur besitze?«, fragte Dörping verblüfft.

»Hier riecht es ziemlich stark nach Holzleim«, stellte sie fest, und ich konnte keinen anderen Gegenstand entdecken, der frisch geklebt zu sein schien. – Wenn diese Figur Ihnen gehört, warum verstecken Sie das Ding dann unter dem Sackleinen?«

»Ich habe es nicht verborgen, sondern vor Sonnenlicht geschützt«, behauptete der Verdächtige. Er fuhr fort: »Wie Sie sehen, ist die Farbe schon ziemlich verblasst und teilweise abgeblättert. Ich will die ›Reina Nordica‹ restaurieren und dann verkaufen.«

»Schön, aber jetzt möchten wir gern erfahren, wo Sie heute Morgen zwischen neun und zehn Uhr gewesen sind«, sagte Mona ungeduldig. Sie ärgerte sich, weil Dörping offenbar nicht im Besitz der gestohlenen Galionsfigur war. Aber dadurch wurde er nicht automatisch von jedem Verdacht befreit. Die Kommissarin fand es auffällig, dass auch er sich mit diesen Holzfiguren befasste. Das konnte ihrer Meinung nach kein Zufall sein. Er antwortete: »Ich hatte meinen ersten Auftrag heute gegen halb elf Uhr an der Kaapdelle, da sollte ich ein neues Waschbecken anbringen. Vorher habe ich gefrühstückt und bin mit Halunke spazieren gegangen.«

Der Labrador wedelte mit dem Schwanz, als sein Name fiel. Er war Mona zu der Galionsfigur gefolgt.

»Mit anderen Worten: Sie haben kein Alibi für die Zeit vor halb elf«, stellte die Kriminalistin fest.

Der Handwerker schüttelte den Kopf: »Warum hätte ich Hauke Rademacher umbringen sollen? Glaubt ihr, dass ich Brigitte heiraten will?«

Diese Rechtfertigung fand Mona so dämlich, dass sie ihr schon wieder überzeugend vorkam. Hielt der Kerl wirklich den Ehemann seiner Geliebten für das Mordopfer? Dörping wirkte jedenfalls überzeugend. Falls er kein begnadeter Schauspieler war, schien er wirklich an Rademachers Tod zu glauben. Bevor sie etwas anmerken konnte, rückte Enno die Dinge zurecht: »Ein junger Mann namens Noah Lerke wurde in dem Ferienhaus erstochen. Es wäre möglich, dass er jemanden überrascht hat, der dort nichts zu suchen hatte – zum Beispiel dich.«

»Ich bin nie in dem Haus an der Norderstraße gewesen«, sagte Dörping. »Warum hätte ich das riskieren sollen? Brigitte und ich haben uns immer nur hier getroffen, meist holte ich sie an einer Straßenecke ab und sie stieg zu mir in den Wagen.«

»Jedenfalls hast du für die Tatzeit kein Alibi«, unterstrich der Oberkommissar, »deshalb wirst du dich zu unserer Verfügung halten müssen.«

»Ich gehe nirgendwo hin, meine Auftragsbücher sind voll«, erwiderte der Handwerker, »und es tut mir leid, wenn Birte damals meine Absichten in den falschen Hals gekriegt hat.«

Darauf erwiderten weder Mona noch Enno etwas. Als die beiden wenig später wieder im Auto saßen, sagte die Kommissarin: »Ich hätte jetzt auch Lust, dem Mistkerl eine Ostfriesentorte ins Gesicht zu werfen!«

»Wollen wir noch kurz bei der Inselbäckerei vorbeifahren?«, scherzte ihr Kollege. Sie lachten, wurden aber gleich darauf wieder ernst.

»Hältst du Dörping für den Mörder?«, fragte Mona direkt.

»Ich kann ihn nach wie vor nicht ausstehen«, gab Enno zu, »aber ich sehe bei ihm kein überzeugendes Mordmotiv. Warum hätte er Noah Lerke erstechen sollen? Ich finde es nämlich absolut plausibel, dass Lars dem Haus der Rademachers ferngeblieben ist. Hauke halte ich für einen Stubenhocker, er zieht sich wahrscheinlich ständig in sein Sieben-Meere-Zimmer zurück. Der Liebhaber seiner Frau muss also befürchten, ihm über den Weg zu laufen. Wenn Lars hingegen Brigitte mit zu sich nach Hause nimmt, hat er freie Bahn.«

»Und was ist mit den Galionsfiguren?«, fragte Mona. »Findest du es nicht auch unwahrscheinlich, dass bei diesem Fall gleich zwei Männer mit diesen Statuen beschäftigt sind?«

»Wie man es nimmt«, schränkte der Oberkommissar ein und erklärte: »Du musst immer im Hinterkopf behalten, wo wir uns befinden. Borkum verdankt seine ›goldenen Zeiten‹ der Jagd auf Wale. Damals fuhren zahlreiche Schiffe unter Kommandeuren unserer Insel ins Nordmeer – und sie alle hatten Galionsfiguren am Bug. Lars hat nicht gelogen, was seine ›Reina Nordica‹ angeht. So hieß nämlich das Schiff, dessen Kapitän ein Vorfahre von Alma Schütte gewesen ist.«

»Wie könnte ich Borkums Vergangenheit vergessen, immerhin wohne ich in der Walfangerstrate«, gab die Kriminalistin zurück. Sie fuhr fort: »Lass uns als letzte Amtshandlung des heutigen Tages überprüfen, ob Sigmar Rothe und Paula Niebler schon mal polizeilich in Erscheinung getreten sind. Dann können wir die beiden Herzchen morgen gezielter befragen.«

Der Oberkommissar war einverstanden. Sie kehrten zur Wache zurück, wo die Ermittlerin ihren Computer einschaltete. Es dauerte nicht lange, bis sie ein Ergebnis vorweisen konnte: »Meine Widersacherin ist entweder ein unbeschriebenes Blatt oder sie hat sich bisher einfach noch nicht bei Straftaten erwischen lassen. Bei ihrem Freund sieht es schon anders aus: Rothe ist mehrfach vorbestraft, wegen Betrug, Erpressung und Urkundenfälschung.«

»Das sind alles keine Gewaltdelikte«, stellte Enno fest, der seiner Kollegin über die Schulter schaute, »aber das bedeutet natürlich nicht, dass Rothe ein Mord nicht zuzutrauen wäre. Dank seiner Textnachricht an das spätere Opfer sollten wir ihn nach wie vor als unseren Hauptverdächtigen betrachten.«

»Ja, da kann ich dir nicht widersprechen«, meinte seine Kollegin.

*

Am nächsten Morgen prasselten Regentropfen gegen Monas Schlafzimmerfenster, aber sie hatte gelernt, jedes Wetter zu lieben. Außerdem stimmte die alte Binsenweisheit, dass auf Borkum oftmals alle vier Jahreszeiten an einem Tag stattfanden: morgens Herbst, vormittags Frühling, nachmittags Sommer und abends Winter. Daher zog sie außer Jeans und Polohemd einen wasserdichten Windbreaker an, als sie einige Zeit später ihren Hund bei den Molls abholte.

»Ich habe gestern deinen aufdringlichen Verehrer Dörping kennengelernt«, sagte sie zu Birte. Ennos Frau erwiderte lachend: »Ja, um die Ostfriesentorte ist es wirklich schade! Mein Mann wird dir ja erzählt haben, wie ich den Kerl abgefertigt habe! Er wird darüber hinwegkommen – es gibt auf der Insel genügend einsame Ehefrauen, die auf ihn hereinfallen.«

»So, wie ich dich kenne, lässt du dir auch weiterhin nicht auf der Nase herumtanzen!«, gab Mona augenzwinkernd zurück. Während sie wenig später mit Rufus an der Leine Richtung Hundestrand eilte, ordnete sie ihre Gedanken: Wenn Dörping wirklich bei so vielen Frauen gut ankam – warum hätte er wegen einer einzigen heimlichen Geliebten eine lebenslange Freiheitsstrafe riskieren sollen? Natürlich war es möglich, dass er sich unsterblich in Brigitte Rademacher verliebt hatte. Aber besonders romantisch wirkte dieser Mann auf die Kommissarin eigentlich nicht. Und wenn er nun spontan und unüberlegt zugestochen hatte? Gegen diese Annahme sprach die eiskalte Planung der Tat: Der Mörder hatte erst ein Oberteil übergezogen, das seinem späteren Opfer gehörte. *Dafür muss man schon ganz schön kaltschnäuzig sein,* dachte die Ermittlerin. Und nach dem feigen Mord hatte der Verbrecher das Beweisstück in einem öffentlichen Mülleimer entsorgt, was ebenfalls für eine gewisse Abgebrühtheit sprach. Kannte der Kriminelle die Verhältnisse im Haus, die Beziehung der vier Bewohner zueinander? Hatte er wahllos nach einem Kleidungsstück gegriffen, um seine eigenen Klamotten zu schützen? Oder steckte eine Absicht dahinter, ausgerechnet eins von Lerkes Trikots mit seinem Blut zu besudeln? Hing dies vielleicht mit dem Mord zusammen, zu dem Lerke angeblich in seiner Heimatstadt von Sabrina angestiftet worden war? Die Kommissarin konnte diese Fragen auf eigene Faust nicht beantworten. Sie nahm sich vor, vom Büro aus den Kasseler Kollegen anzurufen und ihm auf die Nerven zu gehen. Inzwischen hatten Mona und Rufus den Hundestrand erreicht, wo die Dogge bereits ausgelassen mit ihren Artgenossen spielte. Die Kommissarin setzte sich in den Sand und schlang die Arme um ihre zum Körper gezogenen Knie. Die Befragung des Serien-Ehebrechers Dörping hatte ihre eigenen Erinnerungen aufgewühlt – und die waren alles andere als angenehm. Denn der Hannoveraner Oberkommissar

Florian Kessler, mit dem sie sich eingelassen hatte, war ebenfalls verheiratet! *Wer bin ich schon, dass ich mir über Dörping ein Urteil erlauben darf,* dachte sie voller Selbstverachtung. Sie musste endlich Jan Lummer reinen Wein einschenken. Ihr Freund hatte es nicht verdient, so von ihr an der Nase herumgeführt zu werden. Und wenn er ihr nun nicht verzeihen konnte? Wenn Jan die Beziehung einfach beendete? Diese Möglichkeit war für Mona eine absolute Horrorvorstellung. Sie war noch mit keinem Mann so lange zusammen gewesen, hatte in sentimentalen Momenten sogar schon an eine Ehe gedacht. Sie machte sich keine Illusionen darüber, dass ihr kratzbürstiger Charakter so manchen Interessenten abschreckte. Nur Jan blieb mit stoischer Ruhe an ihrer Seite. *Genau wie Enno,* sagte sie sich – wobei ihre Freundschaft zu dem Oberkommissar rein platonischer Natur war. Das Klingeln ihres Smartphones riss sie aus ihren Überlegungen. Oltbeck war am Apparat. Schlagartig spürte sie das Adrenalin durch ihren Körper jagen. Wenn der Chef schon vor Dienstbeginn anrief, musste etwas Schlimmes vorgefallen sein.

»Moin, Herr Oltbeck. Ich bin doch heute gar nicht zu spät dran, oder?«

»Nein, darum geht es nicht. – Haben Sie das Video schon gesehen?«

»Was für ein Video? Wovon sprechen Sie?«

Ihr Vorgesetzter ging nicht auf ihre Fragen ein: »Es wäre gut, wenn Sie so bald wie möglich zur Wache kommen könnten.«

Die Kommissarin versprach, noch vor Dienstbeginn in der Strandstraße zu erscheinen. Der Telefonkontakt mit dem Chef hatte sie nervös gemacht. Von was für einem Film war die Rede gewesen? Ein Bekennervideo des Mörders, der weitere Taten ankündigte? Wenn Oltbeck wissen wollte, ob sie den Clip schon betrachtet hatte, konnte dies nur eins bedeuten: Er musste allgemein zugänglich sein, wahrscheinlich im Internet. Mona pfiff nach Rufus, und im Handumdrehen war der treue Hund an ihrer Seite. Sie brachte ihn schnell zu Birte Moll zurück, die tagsüber auf die Dogge aufpasste. Monas Mini-Wohnung war einfach zu klein für die riesige Dogge. Als die Kommissarin dort einzog, hätte sie sich niemals träumen lassen, dass sie unfreiwillig »Hunde-Mama« werden würde. Aber inzwischen war Rufus aus ihrem Leben nicht mehr wegzudenken.

Genau wie Jan Lummer.

Sie schob den Gedanken beiseite, während sie nach Hause in die Walfangerstrate und sich dort umzog, bevor sie zur Wache fuhr. Die Regenfront war schnell über die Insel hinweggezogen. Aus Richtung Schiermonnikoog wehte eine steife Brise. Mona war zwanzig Minuten vor acht bei der Polizeistation, allerdings hatte sie auf ihr Frühstück verzichtet. Sie hätte vor lauter Nervosität sowieso keinen Bissen herunterbekommen. Als sie das Wachlokal betrat, lachte Grietje: »Moin, so züchtig gekleidet heute?«

Mona blickte reflexartig an sich herab. Sie war angezogen wie immer – Jeans, weiße Tennisschuhe, rot-weißes Ringelshirt mit kurzen Ärmeln, dunkelblaue Kapuzenjacke. Die Kommissarin vermutete, dass die Polizeimeisterin auf ihren gestrigen Kurzauftritt im Bikini anspielte.

»Hast du zu heiß gebadet?«, raunzte sie Grietje an. »Der Chef will mich unbedingt sehen.«

»Ja, das kann ich mir vorstellen. – Er ist in seinem Büro.«

Mona zeigte der jungen Polizistin einen Vogel und ging zu Oltbecks Arbeitszimmer, klopfte und trat ein. Der Dienststellenleiter warf ihr einen besorgt wirkenden Blick zu, aber diesen Gesichtsausdruck kannte sie schon von ihm. Mona war sich der Tatsache bewusst, dass sie dem Chef im Lauf der Jahre viel Ärger bereitet hatte – ohne es zu wollen. Sie und Oltbeck waren einfach vom Charakter her zu unterschiedlich, da ließen sich Reibereien nicht vermeiden. Doch diesmal kam es der Kommissarin so vor, als ob er nicht auf *sie* sauer wäre. Der Hauptkommissar hatte seinen Büro-PC eingeschaltet. Er winkte seine Untergebene heran, sie sollte ihm über die Schulter schauen und seinen Monitor betrachten. Sie kam zu ihm herüber – und erstarrte. Oltbeck hatte die Homepage eines beliebten Social-Media-Kanals aufgemacht. Dort war ein Video zu sehen, das schon viele Tausend Mal angeklickt worden war, wie die Statistik zeigte. Und eine der handelnden Personen kam ihr sehr bekannt vor – es war Mona selbst.

Kapitel 9

Das Filmchen trug den behämmerten Titel: »Bikini-Bullette macht auf Borkum Aggro-Braut platt!«

Mona wusste nicht, worüber sie sich mehr aufregen sollte – darüber, dass sie als *Bikini-Bullette* tituliert wurde? Was ja zumindest in diesem Fall sogar zutraf, wenngleich *Bullette* als Eigenbezeichnung der Kommissarin niemals in den Sinn gekommen wäre. Dass Paula eine *Aggro-Braut* sein sollte, war ja nicht ganz falsch, zumal der heimtückische Angriff ohne Vorwarnung von hinten erfolgte. Am meisten nervte die Kommissarin, dass jemand den Zugriff verbotenerweise gefilmt und ins Netz gestellt hatte.

»Das Recht am eigenen Bild ist für diesen Internet-Eumel wohl ein Fremdwort?«, wütete sie. »Das Machwerk muss umgehend gelöscht werden!«

»Ich bin auf Ihrer Seite, Frau Sander«, versicherte Oltbeck schnell. Er wischte sich mit einem großen Stofftaschentuch den Schweiß von der Glatze und fuhr fort: »Ich habe bereits mit dem Landeskriminalamt Kontakt aufgenommen, damit der Clip verschwindet. Und Sie haben nichts falsch gemacht, Ihre Festnahme der Verdächtigen erfolgte hundertprozentig vorschriftsmäßig. Nur ist es leider so, dass dieser, ähm, Spitzname wohl erst einmal an Ihnen haften bleiben wird. Darauf wollte ich Sie vorbereiten.«

»Ich habe durchaus Humor, Herr Oltbeck«, versicherte sie, »und wenn mich jemand verbal attackiert, dann werde ich mich zu wehren wissen!«

Der Chef warf ihr einen langen Blick zu, der so viel bedeuten konnte wie: *Ich weiß nur zu gut, dass du Haare auf den Zähnen hast!* Er fragte: »Konnten Sie die beiden verdächtigen Personen bereits vernehmen?«

»Nein, die Rechtsanwälte des Duos werden erst heute auf Borkum eintreffen. Aber wir konnten eine weitere Person ausmachen, die über kein Alibi verfügt und möglicherweise ein Motiv hat«, erwiderte Mona und berichtete von Dörpings Befragung. Oltbeck runzelte die Stirn: »So, dieser Lebemann in der Handwerker-Latzhose ist also auf verheiratete Damen spezialisiert? Er hat in meinem Privathaus mal ein Waschbecken ausgetauscht. Allerdings war ich daheim, weil ich einen freien Tag hatte. Wer weiß, ob er sich nicht auch an meine Frau herangemacht hätte.«

»Herr Moll und ich haben den Kerl im Visier«, versicherte die Kommissarin, »allerdings schätze ich sein Mordmotiv als eher schwach ein. Hingegen finde ich es aufschlussreich, dass Sabrina Geesen uns sozusagen mit der Nase auf den Liebhaber ihrer Tante gestoßen hat. Aus welchem Grund? Weil sie Dörping verdächtigt, ihren Freund erstochen zu haben? Oder weil sie von sich selbst ablenken will? Sie hatte nun wirklich direkten Zugriff auf das LAKERS-Trikot, das die Tatperson während des Mordes trug. Und über das Verhältnis zwischen Sabrina Geesen und Noah Lerke hoffe ich, mehr durch einen Kasseler Polizeikollegen zu erfahren.«

»Also trauen Sie der Freundin den Mord zu?«, vergewisserte der Chef sich.

»Zumindest verhält sie sich widersprüchlich. Ich bin sicher, dass sie uns entscheidende Punkte verschweigt«, antwortete sie.

»Gut, dann ermitteln Sie in dieser Richtung weiter – und halten Sie die Ohren steif, wenn Sie einen dummen Spruch zu hören bekommen«, riet Oltbeck lächelnd. Mona verließ sein Büro und stellte fest, dass in ihrem eigenen Arbeitszimmer keine sauberen Tassen mehr waren. Sie ging nach vorn ins Wachlokal, um sich eine neue zu holen. Grietje hob bei ihrem Erscheinen den Kopf und meinte: »Nimm es nicht so schwer, Mona – die meisten Frauen sehen im Bikini dicker aus, als sie in Wirklichkeit sind.«

Die Kommissarin grinste, was allerdings eher an das Zähnefletschen einer Löwin erinnerte: »Oh, ich bin in Form, Grietje – wie sieht es mit dir aus? Was hältst du von einer Liegestützen-Challenge? Diejenige, die zuerst aufgibt, muss einen Monat lang den gesamten Abwasch der Wache erledigen.«

Ihre freche Kollegin wurde plötzlich sehr geschäftig: »Jederzeit gern, aber momentan muss ich noch fürchterlich viele Berichte tippen. Du weißt ja, wie ungnädig Oltbeck werden kann, wenn es zu Verzögerungen kommt.«

Grietje beugte sich über ihre Tastatur und tat so, als ob bei ihr der Arbeitseifer ausgebrochen wäre. Mona nahm sich frische Teetassen für Enno und sich. Sie hatte den Liegestütz-Wettbewerb bereits gewonnen, ohne sich ihm wirklich stellen zu müssen. Mona war nämlich sicher, dass Grietje sich davor drücken würde. Als sie in ihr Büro zurückkehrte, traf der Oberkommissar auch gerade ein. Mona erzählte ihm, warum sie früher als üblich zum Dienst erschienen war. Er schüttelte den Kopf: »So ein Unsinn – haben die Menschen nichts

Besseres zu tun? Vor hundert Jahren hatten sie keine Zeit, um sich solchen Firlefanz im Internet anzuschauen.«

»Die Vergangenheit kehrt nicht zurück. Früher gab es beispielsweise auch einen Kaiser, die Dinge ändern sich«, stellte Mona fest und griff zum Telefonhörer: »Ich will herausfinden, ob Hauptkommissar Rogge bereits im Dienst ist.«

Sie schaltete den Lautsprecher ein, damit Enno alles mitbekam. Der Kollege aus Kassel hatte ihr seine Durchwahlnummer genannt, daher bekam sie ihn sofort an den Apparat. Nach dreimaligem Freizeichen nahm er das Gespräch entgegen: »Rogge hier.«

»Moin, hier spricht Kommissarin Sander aus Borkum. Ich wollte Sie ein wenig drängeln, weil wir auf Neuigkeiten zu dem Mord in Kassel warten ...«

»Sie sind früh dran. Ich hätte später ohnehin Kontakt mit Ihnen aufgenommen«, versicherte der Hauptkommissar. *Diesen Satz hätte ich an seiner Stelle auch vom Stapel gelassen,* dachte Mona. Er fuhr fort: »Das Wichtigste zuerst: Es gab keinen Mord, von dem wir wissen. Allerdings sind die Namen Sabrina Geesen und Noah Lerke auf einer Zeugenliste aufgetaucht, die im Zusammenhang mit einem Unfalltod erstellt wurde.«

»Könnten Sie das bitte genauer erläutern?«

»Sehr gern, Frau Sander. Bei einer Party brach ein weiblicher Gast plötzlich zusammen. Zuerst glaubten die Anwesenden, dass die Frau einfach nur zu viel Hochprozentiges getrunken hätte. Aber ihr Zustand verschlechterte sich so dramatisch, dass Notarzt und Rettungswagen gerufen werden mussten. Leider kam jede Hilfe zu spät, die Reanimation scheiterte.«

»Lag denn nun eine Alkoholvergiftung vor oder nicht?«, fragte Mona nach. »Und warum ging man davon aus, dass es sich um Mord handelte?«

Rogge widersprach: »Offiziell war davon keine Rede. Es gab eine Obduktion, aber das ist bei solchen unklaren Fällen üblich. Fremdverschulden wurde ausgeschlossen, die Todesursache bestand in einem allergischen Schock. Das Opfer hatte sich von einer anderen Frau einen Lippenstift ausgeborgt, der eine Chemikalie enthielt, gegen die sie allergisch war. Und dieser andere weibliche Partygast war wohlgemerkt nicht Sabrina Geesen.«

»Ist dies der einzige Todesfall, den Sie mit Sabrina Geesen und Noah Lerke in Verbindung bringen können?«, erkundigte sich die Kommissarin.

»Ja, genau. Natürlich ist es möglich, dass die beiden gemeinsam ein Verbrechen begangen haben, das bisher unentdeckt geblieben ist.«

»Wahrscheinlicher ist es wohl, dass Lerkes Mutter dessen Freundin einfach nur bei mir schlechtmachen wollte. – Haben Sie auf jeden Fall vielen Dank für Ihre Hilfe.«

»Gern geschehen, Frau Sander. – Und die Art, wie Sie die Festnahme am Strand durchgeführt haben – das war Weltklasse!«

Monas Mund fühlte sich plötzlich staubtrocken an. Sie hustete und fragte: »Sie … haben dieses verdammte Video gesehen?!«

»Ich gestehe, dass ich nach unserem gestrigen Telefonat neugierig war. Und als ich dann gestern Abend die Begriffe *Polizei* und *Borkum* in eine Suchmaschine eingegeben habe, wurde als Erstes dieser besagte Clip angezeigt.«

Das kann ich mir lebhaft vorstellen, dachte Mona. Sie sagte: »Damit werde ich jetzt wohl leben müssen, bis das Material gelöscht wurde. Aber lassen Sie sich eins gesagt sein: Bei uns ist nicht jeden Tag *Bikini Day*!«

Mit diesen Worten legte sie auf.

»Der arme hessische Kollege«, brachte Enno lachend hervor, »er hatte bestimmt gar keine Hintergedanken, als du plötzlich in dem Film als Badenixe aufgetaucht bist!«

»Es ist leider nicht jeder Mann so ein ostfriesischer Gentleman wie du«, stellte Mona fest, »aber zurück zu unserem Fall: Kannst du dir vorstellen, dass diese Kunsthistorik-Studentin ihren faulen Freund zu einem Mord anstiftet? Tut mir leid, dafür fehlt mir die Fantasie. Allerdings bin ich sicher, dass Sabrina Geesen uns Wichtiges verschweigt – zum Beispiel, warum sie leugnet, Sigmar Rothe und Paula Niebler zu kennen.«

Der Oberkommissar sagte: »Ich halte Sabrina Geesen weder für eine Mordintrigantin noch für eine Mörderin – aber sie könnte zur Aufklärung des Falls beitragen, wenn sie nur die Wahrheit sagen würde.« Bevor seine Kollegin etwas erwidern konnte, platzte Grietje herein: »Der Strafverteidiger von Rothe ist gerade eingetrudelt, er hat den Inselflieger genommen.«

Nachdem die Polizeimeisterin dies verkündet hatte, machte sie auf dem Absatz kehrt und verließ fluchtartig das Büro. Wahrscheinlich befürchtete sie, dass Mona gleich mit dem Liegestütz-Wettstreit beginnen würde. Der Rechtsanwalt wollte natürlich zunächst unter vier Augen mit seinem Mandanten sprechen. Nachdem dies geschehen war, trafen die Ermittler im Vernehmungsraum auf den Verdächtigen und den Juristen. Dr. Wolfgang Büll war ein farblos wirkender Mann, der nach Monas Meinung wie ein Zahnarzt-Darsteller in einer Mundwasserwerbung aussah. Nachdem Enno Rothe noch einmal routinemäßig über dessen Rechte belehrt hatte, kam Dr. Büll sofort zur Sache.

»Was genau werfen Sie meinem Mandanten eigentlich vor?«

»Herr Rothe steht im Verdacht, Noah Lerke ermordet zu haben«, erwiderte Mona.

»Den Typen kenne ich gar nicht.«

»Überlassen Sie das Reden bitte mir, Herr Rothe. – Mein Mandant gibt an, von dieser Person noch nie gehört zu haben«, schnarrte der Jurist. Die Kommissarin konnte sich das Kopfschütteln gerade noch verkneifen. Glaubte dieser Verbrecher wirklich, dass sie nichts gegen ihn in der Hand hätten? Sie sagte: »Ich zitiere: ›Wenn du bis zum Fünften die zehn Riesen nicht zurückzahlst, wirst du abgemurkst‹. – Diese Textnachricht haben Sie, Herr Rothe, an Lerke – dessen Name Ihnen ja angeblich gar nichts sagt – geschickt. Und am 5. September sind Sie nach Borkum angereist, vermutlich nicht nur wegen der Schönheit dieser Insel.«

»Ihre Ironie können Sie sich sparen, Frau Sander«, wies Dr. Büll die Kommissarin zurecht. Er fuhr fort: »Sie können nicht beweisen, dass mein Mandant etwas anderes ist als ein harmloser Urlauber. Diese Textnachricht kann jeder geschickt haben. Herr Rothe hat mir erzählt, dass er sein Smartphone manchmal herumliegen lässt. Bedauerlicherweise hat er Freunde, die zu kruden Scherzen neigen. Einer von ihnen könnte diesen Text verfasst haben.«

Dieser Einwand klang für Monas Ohren eher unglaubwürdig, aber vor Gericht konnte er durchaus Bestand haben – vor allem, wenn die Kriminalisten keine Verbindung zwischen Lerke und Rothe nachweisen konnten. Plötzlich öffnete der Verdächtige den Mund. Entweder hatte er den Maulkorb durch seinen Anwalt schon wieder vergessen oder dessen Anweisung war ihm egal.

»Es geht nur um die Kohle? Noah hat sie mir pünktlich zurückgezahlt – bar auf die Hand, als wir auf Borkum angekommen sind. Warum hätte ich ihn umlegen sollen?«

Der Jurist grätschte dazwischen: »Herr Rothe, ich bitte Sie ...«

»Nee, mir reicht es jetzt! Schnallen Sie nicht, dass die mir nichts nachweisen können? Wenn es nur um das Geld geht, das hab ich sogar noch!«

Der Verdächtige lachte – so, als ob es etwas Besonderes wäre, dass der Betrag zwei Tage später weiterhin vorhanden war. Mona rätselte, warum Rothe sich so kindisch aufführte. Es wäre für ihn besser gewesen, die Gesprächsführung seinem Strafverteidiger zu überlassen. Für Rothes Verhalten gab es nach Meinung der Kommissarin nur eine Erklärung: Er hatte den Mord wirklich nicht begangen und fühlte sich deshalb sicher. Trotzdem kam sie auf die Tatzeit zu sprechen: »Wo waren Sie am 7. September zwischen 9.15 und 10.15 Uhr?«

»Da hab ich geduscht und mich angezogen, gegen Viertel vor 10 sind wir dann in den Frühstücksraum vom Hotel gegangen. Paula kann das bestätigen«, lautete die Antwort.

Enno sagte: »Sie werden verstehen, dass wir Ihre Angaben überprüfen müssen.«

»Klar, Sie tun nur Ihre Pflicht«, gab Rothe gönnerhaft zurück. »Die Kohle ist in meinem Hotelsafe, ich verrate Ihnen die Kombination.«

Er schrieb eine Zahlenfolge auf einen Zettel. Mona nahm das Papier und ging hinaus. Sie bat Polizeimeister Ekhoff, zum *Hotel Windsor* zu fahren und den Inhalt des Zimmertresors zu überprüfen. Während dies geschah, wurde das Verhör unterbrochen. Enno nutzte die Pause, um Tee für alle zu kochen. Dr. Büll betrachtete die Kanne so angeekelt, als ob sie Gift enthalten würde: »Wäre es möglich, einen Kaffee zu bekommen?«

»Darauf sind wir nicht eingestellt, Sie befinden sich hier in Ostfriesland«, gab der Oberkommissar treuherzig zurück. Der Jurist verzichtete also auf eine Erfrischung, während die Kommissare und Rothe sich die starke Assam-Mischung schmecken ließen. Der Verdächtige trug nach Monas Meinung ein demonstratives Selbstbewusstsein zur Schau. Er war seiner Sache sehr sicher. Einige Zeit später klopfte es, und Hinderk betrat den Verhörraum: »In dem Safe befindet sich ein Briefumschlag, der 10.000 Euro enthält.«

»Na also – ich habe die Wahrheit gesagt!«, trumpfte Rothe auf. Aber Mona wollte ihn nicht so einfach davonkommen lassen: »Warum haben Sie geleugnet, Lerke zu kennen? Ihnen muss doch klar sein, dass Lügen bei einer Mordermittlung nicht für überlegtes Handeln spricht.«

Der Kerl machte eine wegwerfende Handbewegung: »Ja, das war blöd von mir. Ich dachte mir einfach, dass meine Geschäfte die Bul …, äh, die Polizei nichts angehen.«

»Also, jetzt bin ich erst richtig neugierig geworden!«, versicherte die Ermittlerin. »Was sind das denn für Tätigkeiten?«

»Ich bin Profi-Spieler«, behauptete Rothe, »hauptsächlich *Roulette* und *Black Jack*. Lerke war ein entfernter Bekannter von mir, dem ich aus Gefälligkeit mal 10.000 Euro geliehen habe, als zinslosen Privatkredit.«

Mona wusste, dass es Berufsspieler gab, die ihre Kasino-Gewinne brav versteuerten. Aber es lag für einen Kriminellen natürlich auch nahe, sich als Profi-Zocker auszugeben und zumindest einen Teil seiner aus illegalen Quellen erzielten Einnahmen zum Schein beim Finanzamt zu melden. Sie hätte Rothe spontan zu der letzteren Gruppe gezählt – ohne es ihm bislang beweisen zu können. Dr. Büll warf ihr einen Blick zu. Ob er etwas sagen wollte? Sie beschloss, den Rechtsanwalt einfach zu ignorieren. Und auch dessen Mandant ließ sich von der Anwesenheit des Juristen nicht weiter stören.

»Kann ich dann jetzt gehen?«, fragte er.

»Nicht so eilig, ich möchte eine Sache gern klären – warum war Lerke dazu in der Lage, seine Schulden zu zahlen? Er hatte kein Einkommen, soweit es uns bekannt ist.«

»Noah schaute gelegentlich auch mal in einer Spielbank vorbei, wenn auch nicht regelmäßig«, behauptete Rothe. »Auf Borkum gibt es doch ein Kasino, oder?«

Die Kommissarin nickte.

»Das wäre für den Moment alles. Wir wissen ja, wo wir Sie erreichen können«, murmelte die Ermittlerin. Dr. Büll stand auf und drohte: »Wegen einer solchen Lappalie musste mein Mandant eine Nacht in der Gewahrsamszelle verbringen? Das wird ein Nachspiel für Sie beide haben, darauf können Sie sich verlassen!«

Der Rechtsanwalt wollte durch seinen dramatischen Abgang offenbar einen Ausgleich dafür schaffen, dass er von Rothe so abgebügelt worden war. Mona lächelte ihn an: »Das steht Ihnen selbstverständlich frei.«

»Das Lachen wird Ihnen schon noch vergehen, Frau Sander. – Und das alles nur, damit Sie sich in Badekleidung in Szene setzen können!«

Mit diesen Worten nahm er seine Aktentasche und stürmte aus dem Verhörraum und gleich darauf aus der Wache.

»Wovon redet er?«, wollte Rothe wissen. »Ich hab ihm nicht erzählt, dass Sie einen Bikini trugen, als Sie mich verhaftet haben.«

Natürlich kannte der Verdächtige das Video nicht. Sein Telefon war bei der Festnahme beschlagnahmt worden, er würde es erst jetzt zurückbekommen.

»Das weiß inzwischen sowieso die ganze Welt!«, fauchte die Kommissarin. »Tippen Sie einfach *Polizei Borkum* in die Suchmaschine, dann sind Sie bestens informiert!«

»Ich begleite Sie hinaus«, bot Enno dem Verdächtigen an. Dies war der einfachste Weg, um die Situation zu entschärfen. Mona war nämlich mal wieder drauf und dran, sich um Kopf und Kragen zu reden. Sie war sauer – auf den Verdächtigen, auf den Anwalt, auf sich selbst, auf den unbekannten Video-Produzenten … Ennos Plan war eigentlich gut gewesen, alles hatte erwartungsgemäß geklappt. Aber dank dieses verdammten Bikinis war sie ungewollt zum Internetstar geworden. Aber wäre ein Badeanzug, der mehr Haut bedeckte, wirklich eine bessere Alternative gewesen? Oder ein Auftritt in kompletter Straßenkleidung, der Rothe garantiert misstrauisch gemacht hätte? *Hinterher ist man immer schlauer,* dachte sie verdrossen. Der Oberkommissar kehrte zu ihr in den Verhörraum zurück.

»Was ist denn im Wachlokal los, Enno? Das Gezeter hört man bis hier!«

Ihr Kollege erklärte: »Ach, die Anwältin von Paula Niebler ist gerade eingetroffen, ebenfalls per Flugzeug. Aber die Verdächtige hat der Juristin mitgeteilt, dass sie nicht von ihr vertreten werden will. Nun hat die Strafverteidigerin Sorge, dass sie ihr Honorar nicht bekommt und auf ihren Spesen sitzen bleibt. Momentan geht es darum, wem sie ihre Rechnung schicken soll. Sie macht im Wachlokal eine Szene, aber dort sitzt ja bekanntlich Grietje. Und unsere junge Kollegin ist nie um einen Spruch verlegen, wie du weißt.«

»Wer die Musik bestellt, muss sie bezahlen, wie es so schön heißt. Rothe soll gefälligst blechen – er wollte schließlich seine Freundin und sich selbst anwaltlich vertreten lassen«, meinte die Kommissarin. Sie ergänzte: »Mich interessiert viel mehr, warum Paula ihre Anwältin in den Wind schießt? Will sie von jemand anderem vertreten werden oder eine Aussage ohne juristischen Beistand machen?«

»Finden wir es heraus«, erwiderte Enno.

Kapitel 10

Wenig später wurde Paula Niebler in den Verhörraum geführt. Die Verdächtige wirkte keineswegs ängstlich oder eingeschüchtert, aber auch nicht aggressiv. Vielmehr machte sie einen entspannten Eindruck. Enno stellte zunächst Mona und sich offiziell vor. Die Verdächtige lächelte, als sie die Kommissarin erblickte – so, als ob sie eine langjährige Freundin wiederträfe: »Da sind Sie ja – wie geht es Ihnen? Ihre Frisur sieht gut aus, wenn ich das so sagen darf. Ich hatte schon befürchtet, dass ich Ihnen ein Haarbüschel ausgerissen hätte. Es tut mir leid, dass ich so die Beherrschung verloren habe.«

Gleich umarmt sie mich noch und küsst mich auf beide Wangen, dachte die Kriminalistin. Sie sagte: »Ist Ihnen klar, dass Sie sich nicht selbst belasten müssen? Wenn Sie sich zum Sachverhalt nicht äußern wollen, ist das auch in Ordnung. Und Sie verzichten wirklich auf juristische Unterstützung?«

»Warum so förmlich, Sie und ich sind doch vom gleichen Schlag«, behauptete Paula Niebler und zwinkerte Mona zu. Sie fuhr fort: »Wir lassen uns nicht die Butter vom Brot nehmen. Ich musste nur kurz mit Ihnen kämpfen, da wusste ich, dass wir im Herzen Schwestern sind.«

»Nun wollen wir mal die Kirche im Dorf lassen«, gab die Kriminalistin unbeeindruckt zurück. »Und wo wir schon über unser kleines Gerangel am gestrigen Tag reden: Warum haben Sie nicht die Fähre nach Emden genommen, wie Rothe behauptet?«

»Es stimmt – ich wollte aufs Festland, um dort ein Auto zu mieten. Aber dummerweise habe ich mein Smartphone im Strandkorb liegengelassen, und ohne das Gerät fühle ich mich so nackt. Als ich dann zum Strand zurückkehrte und sehen musste, dass Sie Sigmar verhaften, sind bei mir die Sicherungen durchgebrannt. Ich habe mich auf die nächstbeste Person gestürzt, also auf Sie. Dafür möchte ich mich nochmals entschuldigen.«

»Wegen Angriffs auf eine Polizeibeamtin im Dienst werden Sie sich trotzdem vor Gericht verantworten müssen«, stellte Enno klar. Paula Niebler warf ihm einen koketten Blick zu: »Wirklich, Herr Moll? Und wenn ich Ihnen nun brisante Informationen liefere, die zu wichtigen Verhaftungen führen und weitere Verbrechen verhindern?«

»Wir können keine Absprachen treffen, dazu ist nur die Staatsanwaltschaft in der Lage«, sagte Mona, »aber wir schreiben natürlich in unseren Bericht, dass Sie kooperativ waren – falls Ihre Angaben wirklich nützlich sind. Also: Beweisen Sie es uns und legen die Karten auf den Tisch!«

Paula Niebler lächelte weiterhin. Sie schien sich sehr wohl in ihrer Rolle zu fühlen. Wahrscheinlich spürte sie, wie groß das Interesse der Ermittler an ihrer Aussage war. Sie legte den Kopf in den Nacken – und es war, als spräche sie mit sich selbst: »So eine Nacht in der Arrestzelle schafft Gedankenklarheit. Ich habe erkannt, was ich will – und was nicht. Gefängnis ist keine Option für mich, also darf ich mich nicht an Verbrechen beteiligen oder muss zumindest gestehen, was ich getan habe.«

Die macht es aber spannend, dachte Mona. Sie fragte: »Und was genau ließen Sie sich zuschulden kommen?«

Paula Niebler antwortete lächelnd: »Hat Sigmar Ihnen einen Bären aufgebunden und erzählt, dass er sein Geld mit Zocken verdient? Das ist eine Lüge, er spielt miserabel. Wenn er von seinen Roulette-Gewinnen leben müsste, könnte er besser zum Sozialamt gehen. – Er ist vielmehr dick im Erpressungsgeschäft – und er hat uns zum Mitmachen gezwungen, wir wollten das gar nicht!«

Was hatte der Plural zu bedeuten? War auch Lerke in die Machenschaften verstrickt gewesen? Mona fasste nach: »Erzählen Sie uns möglichst genau, wie diese Straftaten über die Bühne gingen.«

»Wir Mädels machten uns schick und begaben uns in Hotelbars und bei Verkaufsmessen auf Männerfang«, begann Paula, »wobei wir uns auf verheiratete Kerle spezialisierten. Es klappte fast immer. Wenn die ›Kavaliere‹ Schlagseite hatten, nahmen sie eine von uns mit aufs Zimmer, manche von ihnen sogar meine Freundin und mich. Das war aber für uns nicht gefährlich, denn natürlich kam es nie zum Sex. Wenn es zur Sache gehen sollte, hatten wir den jeweiligen Mann schon mit K.-o.-Tropfen außer Gefecht gesetzt. Dann mussten nur noch Sigmar oder Noah erscheinen und ein paar nette Erinnerungsfotos machen. – Gezahlt haben diese Kerle am Ende ausnahmslos.«

»Wer ist denn Ihre Freundin – die andere Frau, mit der Sie zusammengearbeitet haben?«, wollte Mona wissen. Sie ahnte die Antwort, musste sich aber Gewissheit verschaffen. Paula Niebler schaute die Kommissarin so verblüfft an, als ob sie eine Selbstverständlichkeit anzweifeln würde:

»Sabrina Geesen natürlich! Sie haben doch nicht ernsthaft geglaubt, dass sie fleißig studiert, oder?«

Die Ermittler gingen auf die Frage nicht ein. Enno sagte: »Das sind schwerwiegende Anschuldigungen. Können Sie uns Beweise vorlegen?«

»Klar, Herr Moll. – Könnte ich bitte mein Smartphone wiederbekommen?«

Das Telefon hatte im Strandkorb gelegen und war beschlagnahmt worden. Mona stand auf und holte es aus ihrem Arbeitszimmer. Sie war noch nicht dazu gekommen, das Gerät auszulesen – abgesehen davon, dass es noch nicht entsperrt worden war. Paula Niebler aktivierte das Telefon mit ihrem Fingerabdruck. Sie scrollte durch ihr Fotoarchiv und präsentierte den Ermittlern schließlich einige Fotos: »Hier bin ich mit Sabrina in einer Bar und in einem Hotelzimmer. Und das dritte Bild zeigt unseren ersten Coup. Daran denke ich immer noch gern zurück.«

Das klingt aber nicht so, als ob Rothe viel Druck auf dich hätte ausüben müssen, dachte die Kriminalistin. Für sie stand fest, dass Paula Niebler um jeden Preis ihren Kopf aus der Schlinge ziehen wollte. Indem sie ihre Mittäter verriet, konnte sie auf eine mildere Strafe hoffen. Die Aufnahmen schienen ihre Geschichte zu bestätigen. Die beiden jungen Frauen trugen auf dem ersten Foto sexy Minikleider, waren stark geschminkt und prosteten einander mit Cocktailgläsern zu. Auf dem zweiten Bild hatten sie im Hotelzimmer bereits einen Teil ihrer Kleidung abgelegt, und der dritte Schnappschuss zeigte die Frauen auf einem Bett mit einem halb nackten älteren Mann. Es ließ sich nicht genau erkennen, ob er bei Bewusstsein war oder nicht. Aber wenn die Verdächtige die Wahrheit gesagt hatte, dann war er auf die Erpressung gewiss eingegangen.

»Schicken Sie die Fotos auf mein Handy«, forderte die Kommissarin, »das ist wichtiges Beweismaterial.«

Paula Niebler beeilte sich, dies zu tun, nachdem sie die Nummer der Ermittlerin erfahren hatte. Sie legte offenbar großen Wert darauf, der Polizei kooperativ zu erscheinen.

»Sabrina ist also Ihre Freundin?«, vergewisserte Mona sich als Nächstes. Die Verdächtige zuckte mit den Schultern: »Ja, ich kann sie gut leiden. Wir hatten eine Menge Spaß, aber jetzt muss ich an mich denken. Dieses kriminelle Leben ist nichts für mich. Wenn ich damit abschließen will, dann muss ich einige Kontakte beenden.«

Die Kommissarin glaubte nicht, dass Paula Niebler plötzlich ihre gesetzestreue Seite entdeckt hatte. Vielmehr musste ihr durch ihre Verhaftung klar geworden sein, dass die Polizei zumindest Rothe dicht auf den Fersen war. Ihre Gefühle für diesen Mann schienen sich in Grenzen zu halten, denn der Verrat war ihr offenbar nicht allzu schwergefallen. Es konnte nichts schaden, die Auskunftsfreudigkeit dieser Frau auszunutzen.

»Nennen Sie uns den wahren Grund für Ihre Reise nach Borkum«, forderte Mona. Die Verdächtige zögerte ein wenig, dann antwortete sie: »Sigmar und Noah planten einen großen Coup. Details kann ich Ihnen nicht nennen. Ich weiß nur, dass Sabrina und ich die Lockvögel spielen sollten. – Und ich habe nicht ganz die Wahrheit gesagt, was meine Fährüberfahrt nach Emden anging. Ich sollte dort nämlich nicht nur einen Wagen leihen, sondern auch eine Schusswaffe kaufen.«

Die Kommissare horchten auf. Paula Niebler fuhr eifrig fort: »Ich will mir keine Kugel einfangen, verstehen Sie? Es ist eine Sache, einen betrunkenen Geschäftsmann zu erpressen – aber ein Ding zu drehen, bei dem die Luft bleihaltig werden kann, davon will ich nichts wissen.«

»Es wäre hilfreich, wenn Sie uns mehr Einzelheiten zu dem geplanten Verbrechen nennen könnten«, stellte Enno klar.

»Ich weiß nur, dass es am 10. September hier auf der Insel über die Bühne gehen soll. Die Planung lag allein in Sigmars Händen. Er brauchte Noah als Helfer sowie Sabrina und mich, um jemanden ›einzuwickeln‹, wie er es nannte«, erwiderte die Verdächtige. Mona überlegte: Musste Rothe sein Vorhaben auf Eis legen, weil ihm seine Komplizen von der Fahne gegangen waren? Lerke lebte nicht mehr und Paula befand sich in Polizeigewahrsam. Ihm blieb nur Sabrina Geesen als Mittäterin. Aber was war mit dem Auto und der Schusswaffe, die in Emden organisiert werden sollten?

»Trinken Sie eine Tasse Tee, ich muss mit meinem Kollegen unter vier Augen sprechen«, sagte Mona und ging hinaus. Enno folgte ihr und schloss die Tür zum Verhörraum.

»Wir müssen Rothe dringend verhaften und ihm sein Smartphone abnehmen«, meinte sie, »denn noch können wir nicht ausschließen, dass er sein kriminelles Vorhaben weiterhin verfolgt.«

»Wenn wir ihn darauf ansprechen, wird er die Unschuld vom Land spielen«, gab der Ostfriese zu bedenken. »Es steht Paulas Aussage gegen die von Rothe. Falls wir in seinem Smartphone oder in seinem Hotelzimmer keine Hinweise auf eine geplante Straftat finden, sind wir angeschmiert.«

»Uns läuft die Zeit davon«, befürchtete Mona. »Rothe ist kein Dummkopf. Er wird vorhin mitbekommen haben, dass Paula auf den Beistand ihrer Rechtsanwältin verzichtet. Und er muss zumindest ein Geständnis von ihr befürchten.«

Die Ermittler gingen erst einmal zu Oltbeck und brachten ihn auf den neuesten Stand. Der Chef war natürlich daran interessiert, einem Verbrechen vorzubeugen: »Die Aussage der Komplizin sollte reichen, um eine erneute Festnahme zu rechtfertigen. Handelt es sich denn bei diesem Rothe um Lerkes Mörder?«

Wenn ich das nur wüsste, dachte die Kriminalistin. Sie sagte: »Sein Alibi für die Tatzeit ist wacklig. Der geplante Coup am 10. September dürfte jedenfalls der Grund dafür sein, dass Rothe sich noch auf der Insel aufhält. Er hat seinen Strandkorb bis zu dem Datum bezahlt, so viel steht fest.«

»Ich veranlasse Rothes Verhaftung, dann sehen wir weiter«, kündigte der Vorgesetzte an. Während des kurzen Gesprächs war Mona eine Idee gekommen, die aber noch nicht ganz ausgereift war. Sie und ihr Kollege kehrten in den Verhörraum zurück. Paula Niebler blickte auf, als die Kommissare hereinkamen: »Es tut mir total leid, dass ich Ihnen nicht mehr helfen kann. Sigmar hält sich für einen Verbrecherkönig, der es nicht nötig hat, mir seine Überlegungen mitzuteilen.«

»Vielleicht können Sie uns trotzdem unterstützen«, erwiderte Mona, »Kommen wir noch einmal auf Ihren geplatzten Termin gestern in Emden zurück. Bei wem sollten Sie die Waffe kaufen?«

»Ich kenne den Knaben nicht, Frau Sander. Ich weiß nur, dass er Daan heißt. Und seine Handynummer habe ich natürlich auch.«

»Sie sind ihm nie begegnet?«, vergewisserte die Kommissarin sich. Die Verdächtige schüttelte den Kopf.

»Wenn ich ihn also anrufe und mich als Paula ausgebe, würde er nichts merken?«

»Ja, genau – es sei denn, Sigmar hätte ihn inzwischen angerufen. Aber wann hätte er das tun sollen?«

Würde Rothe mit Daan Kontakt aufgenommen haben, nachdem der Verdächtige auf freien Fuß gesetzt worden war? Diese Frage ließ sich momentan noch nicht beantworten, aber ein Blick in Rothes Anrufliste würde ihr Klarheit verschaffen. Ob sich der Kriminelle gegenüber Daan genauso bedeckt gehalten hatte, wie es bei Paula der Fall gewesen war? Mona wusste es nicht. Aber es konnte nichts schaden, einen illegalen Waffenhändler aus dem Verkehr zu ziehen.

»Und was ist mit dem Auto, das Sie mieten sollten?«, wollte Enno wissen.

»Sigmar wollte, dass ich einen Leihwagen beschaffe – eine viertürige Limousine. Genauere Angaben hat er nicht gemacht«, antwortete Paula Niebler. Dann fragte sie: »Komme ich jetzt eigentlich in ein Zeugenschutzprogramm? Wenn Sigmar herausfindet, dass ich ihn verraten habe, dreht er mir den Hals um!«

»Wir sind hier nicht beim FBI«, gab Mona trocken zurück, »aber Ihr Freund wird in diesen Minuten erneut verhaftet. Wenn er hinter Gittern sitzt, kann er Ihnen logischerweise nicht schaden.«

»Sigmar war nie wirklich mein Freund, er hat mich nur ausgenutzt«, behauptete die Verdächtige, wobei sie sich um einen möglichst leidenden Gesichtsausdruck bemühte. Nach Meinung der Kommissarin zog sie nur eine Show ab.

»Wie war das Verhältnis zwischen Sigmar Rothe und Noah Lerke?«, erkundigte sich der Oberkommissar. Paula Niebler zuckte mit den Schultern: »Für Sigmar war Sabrinas Freund nur ein Befehlsempfänger. Ich glaube nicht, dass er allzu viel von ihm hielt. Vor allem hat ihn Noahs Unzuverlässigkeit genervt. Die 10.000 Euro hätte der Knabe schon vor Wochen zurückzahlen sollen, er hat Sigmar immer wieder vertröstet. Nachdem wir auf Borkum eingetroffen waren, ist Sigmar gleich zu Noah gegangen, um Inkasso zu machen. Daraufhin bekam er dann endlich sein Geld zurück.«

»Haben Sie mitbekommen, wofür Lerke den Betrag brauchte?«, fragte Mona.

»Nein, er hat daraus ein Geheimnis gemacht. Vielleicht weiß Sabrina darüber Bescheid, mir hat er es jedenfalls nicht anvertraut.«

»Geben Sie mir die Telefonnummer von diesem Daan«, forderte Mona. Paula Niebler suchte die Zahlenfolge in ihrem Smartphone und nannte sie der Kriminalistin. Grietje platzte herein: »Rothe konnte verhaftet werden. Er war so verblüfft, dass er keinen Widerstand geleistet hat.«

Wahrscheinlich ist er so von sich selbst überzeugt, dass Paulas Verrat für ihn nicht vorstellbar war, dachte Mona. Natürlich freute sie sich darüber, dass die Festnahme problemlos geklappt hatte. Sie sagte: »Gut gemacht, Grietje. Vermute ich richtig, dass Rothe wieder die Aussage verweigert und mit seinem Anwalt sprechen will?«

»Ja, richtig. Wenn er Glück hat, befindet sich Dr. Büll noch nicht auf dem Heimweg. Ich werde ihn gleich mal anrufen.«

Mit diesen Worten rauschte die Polizeimeisterin wieder hinaus. Paula Niebler schaute die Kommissare erwartungsvoll an. Die wirklich entscheidende Frage hatte Mona ihr noch nicht gestellt, aber das holte sie jetzt nach: »Was haben Sie am 7. September zwischen 9.15 und 10.15 Uhr gemacht?«

Die Verdächtige überlegte kurz, dann sagte sie: »Ich habe geduscht und mich angezogen. Gegen zwanzig vor zehn kam Sigmar zurück, und wir haben dann zusammen im Hotel gefrühstückt.«

»Also war Rothe gar nicht im Zimmer?!«

»Richtig, Frau Sander. Als ich um kurz vor neun aufgewacht bin, war ich allein.«

Mit anderen Worten: Sein Alibi ist soeben geplatzt, dachte die Kriminalistin.

Kapitel 11

Paula Niebler wurde zunächst auf freien Fuß gesetzt. Sie war nicht vorbestraft, und Flucht- oder Verdunkelungsgefahr hielten die Ermittler ebenfalls nicht für wahrscheinlich. Die Verdächtige hatte sich große Mühe gegeben, als eine reumütige Gesetzesbrecherin zu erscheinen. Mona hielt sie nicht für so dumm, diesen Eindruck gleich wieder zu zerstören.

»Sie können mich jederzeit anrufen, falls Sie noch etwas wissen wollen«, versicherte Paula Niebler.

Die Kommissare suchten erneut den Chef auf, um mit ihm die nächsten Schritte zu besprechen. Oltbecks Gesicht wurde immer länger, als er von Monas Vorhaben erfuhr: »Sie wollen sich als Rothes Freundin ausgeben und diesen Waffenhändler in Emden treffen? Halten Sie das wirklich für eine gute Idee?«

»Es ist natürlich denkbar, dass dieser Daan gar nichts über Rothe weiß«, räumte die Kriminalistin ein, »aber das wissen wir eben nicht. Im ungünstigsten Fall haben wir wenigstens dafür gesorgt, dass weniger illegale Schusswaffen in den Umlauf geraten.«

»Vernachlässigen Sie dabei nur nicht den eigentlichen Fall«, warnte der Vorgesetzte, »Herr Rademacher hat nämlich schon bei mir angerufen und sich beschwert, weil Sie seiner Meinung nach den Diebstahl der Galionsfigur nicht intensiv genug verfolgen.«

»Ich dachte immer, dass Verbrechen gegen das Leben Vorrang haben!«, fauchte Mona. Bevor sie sich in Rage reden konnte, fügte Enno begütigend hinzu: »Selbstverständlich haben wir den Einbruchdiebstahl weiterhin auf dem Radar. Wir können momentan weder bestätigen noch ausschließen, dass es einen Zusammenhang zwischen den beiden Straftaten gibt.«

»Gibt es denn einen Verdächtigen, den Sie mit der Galionsfigur in Verbindung bringen können?«, wollte der Chef wissen.

»Höchstens Lars Dörping, Brigitte Rademachers Liebhaber«, erwiderte die Kommissarin. »Er besitzt selbst so eine Holzskulptur. Aber warum sollte er die Statue in Rademachers Haus stehlen? Worin besteht sein Motiv?«

Oltbeck schaute Mona so an, als ob er sie für besonders begriffsstutzig hielte. Das kam eigentlich eher selten vor. Vorlaut, unbeherrscht, schnippisch, ironisch – das wären eher Begriffe gewesen, mit denen er seine Untergebene beschreiben würde. Er sagte nachsichtig lächelnd: »Ich kenne Dörping. Es ist gut vorstellbar, dass er eine Frau nach der anderen verführt und sich dabei wie ein toller Hecht vorkommt. Ihm gefällt es, zu dominieren. Und genau deshalb wollte er sich die Galionsfigur schnappen, verstehen Sie? Es reichte ihm nicht, mit Brigitte Rademacher eine Affäre anzufangen. Er musste außerdem auch noch den wertvollsten Besitz ihres Ehemanns in seine Gewalt bringen, um endgültig über seinen Rivalen zu triumphieren!«

Auf so eine Überlegung kann auch nur ein Mann kommen, dachte die Ermittlerin amüsiert. Um des lieben Friedens willen tat sie so, als ob sie von seinen Worten überzeugt wäre: »Wir werden jede Möglichkeit in Erwägung ziehen, Herr Oltbeck. Ich möchte gleich mal versuchen, diesen Waffenhändler zu erreichen. Vielleicht kann ich sogar heute noch nach Emden fahren.«

»Sie sind ja mal wieder nicht zu bremsen, Frau Sander! Nun gut, dann führen Sie das Telefonat aber sofort. Falls Sie niemanden erreichen, müssen wir umplanen.«

Mona nickte und rief Daan an. Sie spürte, dass Oltbecks und Ennos Blicke auf ihr ruhten. Sie war fest entschlossen, die Sache nicht zu vermasseln. Mehrfach ertönte das Freizeichen, dann meldete sich eine raue Stimme: »Ja?«

»Moin, hier ist Paula – Sigmars Ische. Es geht um den Püster ...«

»Bist du noch ganz frisch? Nicht am Telefon! Und überhaupt – hast du verpennt? Du wolltest doch gestern schon bei mir aufschlagen«, meckerte Daan, der mit einem leichten niederländischen Akzent sprach.

»Nun mach dich mal locker, Alter!«, fauchte Mona. »Du weißt doch, wie verpeilt mein Kerl sein kann, oder? *Heute* ist ein Treffen vorgesehen, der Trottel hat das Datum verwechselt.«

»Meinetwegen, ich bin daheim. – Schaffst du es heute noch aufs Festland?«

»Ich versuche es. Schickst du mir deine Adresse auf mein Handy?«

»Sicher.«

Mit diesem Wort beendete Daan das Gespräch. Der Chef und ihr Kollege schauten sie verblüfft an.

»Ische? Püster?«, wiederholte Enno. »Du kannst dich ja wie eine richtige Gangsterbraut ausdrücken.«

»Dann bin ich ja die Richtige für diesen Undercover-Job!«, meinte sie lächelnd, wobei das Kompliment sie erröten ließ. Mona war nämlich im Grunde ihres Herzens schüchtern, was die wenigsten Menschen begriffen. Oltbeck hob abwehrend die Hände: »Eins nach dem anderen, Frau Sander! Die Fähre um 16.30 Uhr könnten Sie noch erwischen. Das ist gut, denn während Sie auf See sind, kann ich mich mit Emke abstimmen. Sie gehen nämlich auf gar keinen Fall ohne Back-up in diesen Einsatz, haben wir uns verstanden?!«

Hauptkommissar Hanno Emke leitete das Polizeikommissariat Emden. Natürlich war sich Mona darüber im Klaren, dass Kollegen vor Ort in Reichweite sein mussten. Schließlich konnte niemand sagen, was sie in Daans Wohnung erwarten würde.

»Er hat angebissen«, stellte sie fest, »jedenfalls hat er mir seine Anschrift geschickt.«

Sie zeigte ihrem Vorgesetzten ihr Telefon. Er notierte den Straßennamen, der auf dem Display stand. Es war noch eine Stunde Zeit, bis die Fähre ablegte. Mona wollte ihren Übernachtungskoffer holen, denn am selben Abend würde sie wohl nicht auf die Insel zurückkehren können. Doch bevor sie fragen konnte, ob die Besprechung vorbei sei, stürmte wieder einmal Grietje ins Chefbüro. Oltbeck öffnete den Mund, um sie zum wiederholten Mal wegen ihrer mangelnden Manieren zu tadeln. Doch die junge Polizistin kam ihm zuvor: »Hauke Rademacher hat angerufen. Bei ihm ist jemand, der zu Noah Lerke will. Er versucht, den Mann hinzuhalten!«

*

Mona und Enno waren alarmiert. Sie rannten aus dem Polizeigebäude und sprangen in ihren Dienstwagen. Eigentlich lohnte sich die Fahrt für die kurze Strecke gar nicht; aber jetzt zählte jede Sekunde. Und falls eine Verhaftung vorgenommen werden musste, war es gut, gleich ein Fahrzeug für den Abtransport dabeizuhaben. Der Ostfriese schaltete das Blaulicht, nicht aber die Sirene ein. Der Unbekannte sollte nicht gewarnt werden. Es durfte nicht zu einer Gefährdung von Zivilisten oder gar zu einer Geiselnahme kommen. Daran hatte Mona übelste Erinnerungen – schließlich war sie bereits selbst in der Gewalt von Kriminellen gewesen. Enno stieg neben dem Rademacher-Haus in die Bremsen. Offenbar hatte er hinter der Gardine gewartet. Als die Ermittler auf die Tür zu eilten, wurde sie von ihm geöffnet. Rademacher flüsterte: »Ich habe den Herrn in die Küche gesetzt und behauptet, dass Noah in ein paar Minuten vorbeikäme.«

Enno klopfte ihm beruhigend auf die Schulter: »Gut gemacht. – Wir übernehmen jetzt.«

Würde der Mörder so dumm sein, an den Ort seines Verbrechens zurückzukehren? Auszuschließen war das nicht. Aber vielleicht hatte der Verdächtige ja auch etwas mit dem geplanten Coup am 10. September zu tun? Ihre Anspannung stieg, als Enno die Küchentür öffnete. Ein Mann um die dreißig mit kurzem blonden Vollbart und blauem Polohemd sowie Leinenhose von derselben Farbe erhob sich von einem Stuhl. Er setzte ein geschäftsmäßiges Lächeln auf: »Moin! Sie sind Herr und Frau Lerke?«

»Nein, mein Name ist Oberkommissar Moll. Das ist Kommissarin Sander. Wir sind von der Polizei Borkum und führen nach dem gewaltsamen Tod von Noah Lerke Ermittlungen durch.«

Ennos Worte erschreckten den Blondbart sichtlich.

»Lerke … lebt nicht mehr?«, vergewisserte er sich.

»Ja, genau«, bestätigte Mona. »Und wir möchten jetzt gern Ihren Namen erfahren. Außerdem interessiert uns, in welcher Beziehung Sie zu Noah Lerke standen.«

»In gar keiner, Frau Sander. – Mein Name ist Markus Reinert. Und ich bin Makler für Sportboote. Herr Lerke hat bei mir eine Motoryacht gekauft und wollte heute 10.000 Euro anzahlen.«

Ja, wo war der Betrag – nachdem Rothe das geliehene Geld doch zurückbekommen hatte? Die Kommissarin stellte diese Überlegung hintenan.

»Daraus wird nichts, bevor die Herkunft dieser Summe nicht geklärt ist«, machte der Oberkommissar deutlich. »Wir haben exakt diesen Betrag sichergestellt, den sich Ihr Kunde privat geliehen hatte. Allerdings bestand der Gläubiger auf einer Rückzahlung. Außerdem müssen wir davon ausgehen, dass dieses Geld auf illegalem Weg erworben wurde. – Wir möchten auch gern Ihre Identität überprüfen.«

Der Bootsmakler hatte sich vom ersten Schreck erholt. Er nahm seine Ledermappe, die auf dem Küchentisch lag und zog daraus seine Brieftasche hervor. Mona nahm seinen Personalausweis an sich und ging ein paar Schritte seitwärts, um telefonisch eine POLAS-Abfrage vorzunehmen. Das Ergebnis kam schnell: Markus Reinert war polizeilich ein unbeschriebenes Blatt. Er hatte zusammen mit einem Kompagnon auf Norderney ein Büro, von dem aus er Freizeitschiffe aller Art zur Miete und zum Kauf vermittelte. Während die Kommissarin Reinerts Daten checkte, hatte der tüchtige Geschäftsmann Enno einen seiner Hochglanzprospekte in die Hand gedrückt. Er sagte: »Es ist natürlich bedauerlich, dass diese Transaktion nun wahrscheinlich nicht zustande kommt – aber so etwas gehört zum unternehmerischen Risiko. – Was halten Sie von einem solchen Boot, Herr Moll? Sie als Beamter sind zweifellos kreditwürdig. Die *Seagull* beispielsweise verfügt über drei Kabinen, Klimaanlage, aufblasbare Badeplattform ...«

Die Kriminalistin fiel ihm ins Wort: »Ich unterbreche Ihr Verkaufsgespräch ja nur ungern – wie hoch ist denn der Gesamtpreis der Yacht, für die Lerke sich begeistert hat?«

»Hunderttausend Euro. – Der Kunde hat mir versichert, die Gesamtsumme nach dem 10. September aufbringen zu können. Es kommt öfter vor, dass ein Interessent den Kaufpreis in mehreren Raten begleicht«, erklärte Reinert, wobei das verbindliche Lächeln nicht von seinem Gesicht wich. *Wahrscheinlich ist es festgewachsen,* dachte Mona. Sie war keine Finanzexpertin. Trotzdem stand für sie fest, dass Lerkes geplanter Yachtkauf auf tönernen Füßen gestanden hatte. Die Anzahlung musste er sich bei seinem Kumpan pumpen, um sie nach einer wüsten Drohung kleinlaut wieder zurückzugeben. Und den erheblichen Rest der Summe wollte er nach dem 10. September begleichen – so war es wohl kein Zufall, dass der »große Coup« genau an diesem Tag stattfinden sollte. Immerhin sprach alles dafür, dass Reinert mit dem Fall nichts zu tun hatte, es gab keinen Hinweis auf seine Verstrickung in kriminelle Aktivitäten.

»Sie können gehen«, sagte der Oberkommissar zu dem Yachtmakler. »Falls wir noch Fragen haben, wissen wir ja, wo wir Sie finden.«

»Gut, Herr Moll – und falls Sie einmal an einer unverbindlichen Probefahrt interessiert sind, rufen Sie mich einfach an … und Frau Sander kommt mir irgendwie bekannt vor … ich weiß nur noch nicht, woher.«

Wenn du das nächste Mal in den sozialen Medien stöberst, wird es dir klar werden, dachte die Kriminalistin, wobei sie versuchte, möglichst neutral und dienstlich zu wirken. Nachdem Reinert das Haus verlassen hatte, mussten die Ermittler erst einmal Rademacher beruhigen. Sie konnten ihm deutlich machen, dass kein Mordverdacht gegen den Makler bestand.

»Und was ist mit meiner ›Juliana‹? Haben Sie schon eine heiße Spur?«, fragte der Alte hoffnungsvoll.

»Ist Ihre Frau gar nicht daheim?«, wollte Mona wissen, ohne auf seine Worte einzugehen.

»Brigitte macht eine Radtour, um sich abzulenken. Daheim fällt ihr die Decke auf den Kopf. – Und ich gewinne allmählich den Eindruck, dass Sie an der Aufklärung des Diebstahls gar nicht interessiert sind!«, warf er den Kommissaren vor.

»Da täuschen Sie sich, ich werde mich gleich noch einmal intensiv mit Ihnen unterhalten – und auch mit Ihrer Nichte«, kündigte der Ostfriese an, »gehen Sie bitte schon mal in Ihr Sieben-Meere-Zimmer, ich komme nach.«

Rademacher verschwand nur allzu gern in dem Raum, das war zumindest Monas Eindruck.

»Soll ich dich zum Hafen fahren?«, bot der Oberkommissar seiner Kollegin an.

»Das ist nicht nötig, ich springe beim Inselbahnhof in die Kleinbahn. – Und ich steche auch ohne deine Privatjacht in See, Käpt'n Enno!«, scherzte sie.

»Pass gut auf dich auf – und damit meine ich nicht nur die Überfahrt«, erwiderte er. Die Kommissarin wusste, dass er um sie besorgt war. Aber sie hatte gar nicht vor, leichtfertig ihr Leben zu riskieren. Bis zum Auslaufen der Fähre musste Mona noch einiges erledigen. Sie holte zunächst ihr Gepäck aus ihrer Wohnung in der Walfangerstrate, von diesem Vorhaben war sie ja kurz zuvor durch Grietjes Erscheinen abgekommen. Als sie wieder auf der Wache eintraf, erkundigte sie sich nach den Erkenntnissen der Spurensicherung in Rademachers Haus.

»Der Fenster-Holzrahmen wurde mit einem Werkzeug aufgehebelt, entweder ein Schraubendreher oder ein schmales Stemmeisen«, begann der Kriminaltechniker und fuhr fort: »Am Tatort selbst konnten wir zahlreiche Fingerabdrücke sichern, die noch mit denjenigen der Hausbewohner abgeglichen werden müssen. Die Fußabdrücke in der Gartenerde vor dem Fenster sind nicht besonders ausgeprägt, sie stammen jedenfalls von Herrenschuhen mit Profilsohle, Größe 44.«

»Finden sich die Schuhabdrücke im Haus wieder?«

»Nein, Mona. – Dafür habe ich eine Erklärung: Der Täter hebelt das Fenster auf, stemmt sich hoch und schwingt seine Beine ins Innere. Zuvor zieht er seine Schuhe aus und lässt sie auf der äußeren Fensterbank zurück, während er auf Socken ins Zimmer eindringt. Für diese Annahme sprechen einige Klümpchen, die ich dort gefunden habe, während in dem Raum selbst kein einziger Kiesel und kein Gramm Gartenerde vorhanden ist.«

»Danke, Eddie«, sagte sie zu dem Spezialisten. Diese Neuigkeiten passten ins Bild von einem durchdacht geplanten Einbruch, der gezielt der Galionsfigur galt. Aber aus welchem Grund war es zu dem Mord an Lerke gekommen? Ob sich in seinem Telefon Hinweise auf den Mörder fanden? Sobald Mona und ihre Kollegen herausgefunden hatten, ob die beiden Straftaten miteinander zusammenhingen, würden sich vermutlich sowohl das Tötungsdelikt als auch das gewaltsame Eindringen plus Diebstahl aufklären lassen. Oltbeck schien gewittert zu haben, dass die Kommissarin im Haus war. Er kam aus seinem Dienstzimmer und sprach sie an: »Gut, dass ich Sie noch erwische! Emke ist informiert, er wird zwei zivile Einheiten zur Unterstützung in der Nähe von Daans Wohnung bereitstellen.«

Mona lag die Bemerkung auf der Zunge, dass sie keinen Babysitter benötigte. Doch da sie die Gefahr nicht wirklich einschätzen konnte, beherrschte sie sich ausnahmsweise und schenkte ihrem Chef ein Lächeln: »Vielen Dank, Herr Oltbeck.«

»Nehmen Sie bitte Kontakt mit den Kollegen vor Ort auf, sobald Sie in Emden eingetroffen sind«, sagte ihr Vorgesetzter zum Abschied.

Kapitel 12

Die kurze Fahrt in dem bunten Waggon der Inselbahn verlief ereignislos und Mona gelangte pünktlich an Bord der Autofähre. Sie suchte sich einen Platz an Deck, weil sie die Sonne und den Seewind genießen wollte. Außerdem verschaffte ihr die Überfahrt nach Emden genug Zeit, um genauer über das Mordopfer nachzudenken. Je mehr Einzelheiten die Kommissarin erfuhr, desto rätselhafter schien Noah Lerke gewesen zu sein. Anfangs hatte sie ihn für einen Nichtstuer gehalten, der sich mit möglichst wenig Aufwand ein schönes Leben machen wollte. Doch seine Beteiligung an den Erpressungen sprach zumindest für ein gewisses Maß an krimineller Energie. Und jetzt auch noch der vorgesehene Yachtkauf, der auf den ersten Blick völlig irrwitzig erschien – es sei denn, Lerke wäre schlagartig in den Besitz von 100.000 Euro gelangt. Sie musste sich Gewissheit verschaffen. Mona griff zum Smartphone und nahm noch einmal mit Lerkes Mutter Kontakt auf.

»Moin, hier spricht Kommissarin Sander von der Polizei Borkum. Darf ich Sie noch einmal kurz stören?«

»Ja, das wird sich wohl nicht vermeiden lassen.« Frau Lerke sprach schleppend, sie stand vielleicht unter Beruhigungsmitteln. Sie fuhr fort: »Ich wollte Sie sowieso fragen, was jetzt mit … der Leiche meines Jungen geschieht.«

»Es findet eine Obduktion im gerichtsmedizinischen Institut Oldenburg statt. Wenn dies abgeschlossen ist, werden die sterblichen Überreste freigegeben. Sie bekommen dann Bescheid«, erklärte die Kriminalistin und fuhr fort: »Ist Ihnen bekannt, ob Noah einen Sportbootführerschein besitzt.«

»Davon ist mir nichts bekannt, Frau Sander.«

»Ich verstehe. Und wie sieht es mit seinen Finanzen aus? Hätte er die Möglichkeit gehabt, an 100.000 Euro heranzukommen, beispielsweise durch eine Erbschaft?«

»Nein, ganz gewiss nicht. Ich selbst beziehe eine Witwenrente und arbeite nebenbei in Teilzeit an einer Tankstelle. Noah ist durch seine Freundin in schlechte Gesellschaft geraten, er wurde geldgierig. Vielleicht hat er sich die Summe auf illegale Art beschafft, das ist dann aber die Schuld dieser falschen Schlange. – Haben Sie Sabrina Geesen schon verhaftet?«

»Illegal ist ein gutes Stichwort«, erwiderte die Kommissarin. »Es stellt übrigens auch eine Straftat dar, wenn ein Verbrechen vorgetäuscht wird. – Sie haben mir gegenüber behauptet, dass Ihr Sohn durch Sabrina Geesen zum Mörder geworden wäre. Spielten Sie auf diesen Todesfall bei der Party an? Mein hessischer Kollege hat mir versichert, dass es sich um einen tragischen Unfall handelte, an dem weder Ihr Sohn noch dessen Freundin beteiligt waren.«

Monas nachdrückliche Art brachte Frau Lerke ins Schleudern. Sie stammelte: »A… aber hier in der Nachbarschaft stand fest, dass es Mord war. Und ich kann Eins und Eins zusammenzählen. Sabrina hat meinen Jungen zu der Tat getrieben, weil sie ihre Macht über ihn verstärken wollte. Diese junge Frau, die sterben musste, war Sabrinas Rivalin. Und sie war durchtrieben genug, Noah die Tat begehen zu lassen.«

Frau Lerke hatte ihre Mordbeschuldigung offenbar wirklich erfunden.

Die ist ja völlig verblendet, dachte die Kriminalistin. Sie betonte: »Sie hören mir nicht zu, Frau Lerke. Wie gesagt, es hat kein Tötungsdelikt gegeben. Wenn Sie Gerüchte in die Welt setzen, für die es keine Beweise gibt, machen Sie sich selbst strafbar. Die Polizei verschwendet wertvolle Zeit, wenn sie falsche Fährten verfolgen muss. – Ich schlage vor, dass Sie sich beruhigen und uns unsere Arbeit erledigen lassen. – Wir ermitteln nämlich sehr intensiv.«

Nachdem sie versprochen hatte, die Mutter wegen des Leichnams zu informieren, beendete sie das Telefonat. Die Kommissarin war nicht davon ausgegangen, dass Lerke aus familiären Quellen auf eine große Summe zurückgreifen konnte. Dennoch hatte sie sich vergewissern müssen. Lerke war offenbar davon ausgegangen, dass ihm nach dem 10. September 100.000 Euro in den Schoß fallen würden. Aber aus welchem Grund? Mona ging zur Reling und schaute dem Ablegemanöver zu. Obwohl sie schon oft mit dieser Fähre oder einem der Schwesterschiffe gefahren war, fand sie den Anblick immer wieder beeindruckend. Sie vermisste Borkum bereits, obwohl die *Ostfriesland* sich noch im Hafenbecken befand. Die Kommissarin hatte ihre Sonnenbrille aufgesetzt. Binnenländer unterschätzten oft die Strahlkraft des Tagesgestirns, gerade auf offener See und bei gutem Wetter. Ob Sabrina über Rothes Pläne informiert war? Es kam der Kriminalistin durchaus plausibel vor, dass Rothe sich gegenüber Paula in Schweigen gehüllt haben sollte. Je weniger Personen von seinem Plan wussten, desto geringer war das Risiko des Verrats. Aber – wenn der Oberganove Lerke nur als eine Art Laufbursche betrachtet hatte, würde er für diese Dienste wohl kaum 100.000 Euro erhalten. Die Summe kam Mona völlig unrealistisch vor. Es sei denn – Lerke hätte seinen Boss Rothe ausbooten und das Geld allein kassieren wollen. *Und falls Rothe ihm auf die Schliche gekommen ist, wäre das ein erstklassiges Mordmotiv,* dachte die Ermittlerin. Allerdings wusste sie immer noch nicht, wie sie Rothe etwas nachweisen sollte. Ganz abgesehen davon, dass sie keinen blassen Schimmer hatte, womit dieses kriminelle Quartett eine sechsstellige Summe erbeuten wollte. Vielleicht mit ihrem bewährten »Geschäftsmodell«, einer Erpressung? Aber von wem hofften sie, 100.000 Euro kassieren zu können? Es war vertrackt. Warum hätte Rothe sein Vorhaben gegenüber der Polizei preisgeben sollen? An seiner Stelle hätte Mona den Mund gehalten. Ob ihm der Mord an Lerke nachgewiesen werden konnte? Und – hatte diese Galionsfigur überhaupt etwas damit zu tun? Während sie über diese Fragen nachdachte, erreichte die Fähre die offene See. Der Wind blies nicht stark genug, um nennenswerte Schiffsbewegungen zu verursachen. Am Himmel ballten sich dunkle Wolken, und der Regen ließ nicht lange auf sich warten. Große Tropfen klatschten in schneller Reihenfolge auf das Deck. Die Kommissarin verdrückte sich nach drinnen. Schlechtes Wetter machte ihr eigentlich nicht viel aus, aber sie hatte kaum Kleidung zum Wechseln dabei und wollte dem Waffendealer keinesfalls als nasse Katze gegenübertreten. Da die Fähre nicht ausgebucht war, gab es in den verschiedenen Passagiersalons noch genügend Platz. Mona holte sich am Selbstbedienungstresen eine Riesenbrezel und ein alkoholfreies Bier. Dann suchte sie sich eine ruhige Ecke und rutschte auf eine im Boden verschraubte Polsterbank. Während die Kommissarin sich stärkte, schaute sie die Diashows an, mit denen Veranstaltungen und Lokale sowie Einzelhandelsgeschäfte auf der Insel beworben wurden – von der Kutschfahrt über das Fischrestaurant bis zu einem Starauftritt in der *Kulturinsel*: Der Schlagersänger Bruno Lienen trat dort auf, wobei die Show bereits ausverkauft war. *Warum wird dann überhaupt noch darauf hingewiesen?*, dachte Mona. Aber ihr fiel ein wichtigeres Detail auf. Bruno Lienen sollte am 10. September die Bühne betreten

– der Tag, auf den Rothe hingearbeitet hatte! Die Kriminalistin war persönlich kein Schlagerfan, dennoch schnappte sie manchmal einige Gerüchte auch aus dieser Branche auf. Sie griff zum Smartphone und tippte den Namen Bruno Lienen als Begriff in die Suchmaschine. Es handelte sich um einen Herrn in den besten Jahren, der angeblich eine Schwäche für jüngere attraktive Frauen hatte. Ob Paula Niebler und Sabrina Geesen seinem »Beuteschema« entsprachen? Jedenfalls würde es ihnen vielleicht nicht allzu schwerfallen, seine Bekanntschaft zu machen. Und wie sollte es dann weitergehen – Erpressung oder Entführung? Mona tippte auf die letztere Möglichkeit, denn dafür sprach die Beschaffung einer Waffe und eines Mietwagens. Allerdings fragte sich die Kriminalistin, wie das Opfer von der Insel herunterzubekommen wäre. Auch daran hatte Rothe garantiert gedacht. Aber da er momentan in der Arrestzelle saß, würde er den Plan sowieso nicht mehr in die Tat umsetzen können. Und die Kommissarin war wild entschlossen, den Kauf einer Pistole oder eines Revolvers zu verhindern. Sie rief spontan Enno an: »Was hältst du von Bruno Lienen?«

Ihre Frage schien den Oberkommissar zu überraschen: »Langweilst du dich auf der Fähre? Willst du deshalb mit mir über Musik schnacken?«

»Nee, das liegt mir fern. Mir ist nur gerade klar geworden, dass dieser Schlagerheini am 10. September ein Konzert auf Borkum gibt. Wäre es möglich, dass unser verbrecherisches Kleeblatt es auf ihn abgesehen haben könnte?«

»Du denkst an eine Erpressung oder Entführung?«, lautete seine Gegenfrage.

»Ja, wobei ich davon ausgehe, dass Rothe & Co. Lienen verschleppen wollen – wozu bräuchten sie ansonsten die Waffe und den Mietwagen? Ich bin keine Musikexpertin, aber dieser Sänger hat doch zumindest in der Vergangenheit ziemlich gut verdient, oder? Da sind 100.000 Euro Lösegeld nicht unrealistisch.«

Enno erwiderte: »Das ist ein Ermittlungsansatz, den wir weiter verfolgen sollten. Ich habe übrigens mit Rademacher noch einmal intensiv von Mann zu Mann gesprochen und mich dabei auch vorsichtig nach seinem Verhältnis zu seiner Frau erkundigt. Meiner Meinung nach verschließt er entweder die Augen vor Brigittes Untreue oder er hat wirklich noch nicht bemerkt, dass sie fremdgeht.

Ihre angebliche Radtour, auf der sie sich gerade befindet, führt sie garantiert wieder zu Dörping, daran habe ich keinen Zweifel.«

»Ist der Liebhaber deiner Meinung nach mordverdächtig?«, wollte die Kommissarin wissen.

»Ich sehe bei Dörping kein Motiv, ausgerechnet Noah Lerke zu töten. Und gegen eine spontane Tat spricht die Verwendung des LAKERS-Trikots«, antwortete der Oberkommissar, »aber was den Diebstahl der Galionsfigur angeht, steht er nach wie vor auf meiner Verdächtigenliste.«

»Mag sein, wahrscheinlich gibt es gar keine Verbindung zwischen den beiden Straftaten. – Ich melde mich wieder, sobald wir Daan einkassiert haben.«

Mit diesen Worten beendete Mona das Telefonat. Sie trank ihr alkoholfreies Bier aus und schaute auf die Wellen vor den Fenstern. Der Regenschauer war schon wieder vorbei, und die tief stehende Sonne zauberte Funken auf die Schaumkronen der Wogen. *Für Sigmar war Sabrinas Freund nur ein Befehlsempfänger* – diesen Satz aus Paula Nieblers Mund bekam Mona nicht aus dem Kopf. Würde ein Handlanger für seine Dienste 100.000 Euro bekommen? Wohl kaum. Bei der Kommissarin verfestigte sich die Überzeugung, dass Lerke sein eigenes Süppchen gekocht hatte und Rothes Vorhaben zu seinen eigenen Gunsten abändern wollte. War ihm dieser Plan zum Verhängnis geworden?

*

Die *Ostfriesland* lief gegen 19 Uhr in den Emder Außenhafen ein. Der Waffendealer wohnte in der Dollartstraße, die sich nicht weit vom Borkumanleger befand. Der Stadtteil nannte sich Transvaal – wie die ehemalige südafrikanische Provinz. Doch hier gab es weder Elefanten noch Giraffen oder Löwen zu sehen, lediglich viele Handwerksbetriebe und Lager sowie ein wenig Wohnbebauung entlang einiger Straßenzüge. Nur die bei der Historischen Werft liegenden Segelschiffe im nahen Binnenhafen vermittelten einen Hauch von Seefahrerromantik. Nachdem die Ermittlerin von Bord der Fähre gegangen war, rief sie den Emder Dienststellenleiter an.

»Moin, Herr Emke – Kommissarin Sander hier. Ich bin jetzt am Borkumkai eingetroffen und verlasse gerade das Fährterminal.«

»Sehr gut, Frau Sander. Die Kollegen erwarten Sie bereits und werden Ihnen weitere Instruktionen geben. – Ich glaube, dass Sie Frau Mertens bereits kennen.«

Instruktionen? Ich habe mich wohl verhört, dachte die Kriminalistin gereizt. Sie wollte sich nicht vorschreiben lassen, wie die Begegnung mit Daan über die Bühne zu gehen hatte. Aber als Mona den Namen der Polizeikollegin hörte, schluckte sie ihren aufkommenden Unwillen herunter. Sie war mit der Emder Oberkommissarin Ina Mertens im vorigen Jahr gemeinsam hinter einem Trickdieb her gewesen, der sich mit seiner Beute regelmäßig auf die Insel zurückzog.

»Ich sehe Frau Mertens schon – ich melde mich wieder, wenn der Zugriff erfolgt ist, Herr Emke.«

Mit diesen Worten legte Mona auf. Zwischen dem Fährterminal und der Bahnstation Emden Außenhafen gab es einige Parkplätze. Dort wartete die dunkelblonde Oberkommissarin. Ina Mertens trug Jeans und eine rot karierte Bluse mit kurzen Ärmeln. Die Kommissarin näherte sich ihr: »Moin, Ina – du siehst aus wie ein Cowgirl! Wollen wir den bösen Buben mit dem Lasso einfangen?«

»Deine Sprüche haben mir gefehlt«, versicherte die Emder Kollegin. Gleich darauf umarmten die beiden einander. Dann führte Oberkommissarin Mertens Mona zu der Limousine ohne Polizeimarkierung hinüber, aus der sie gerade gestiegen war: »Ich möchte dir meinen Kollegen vorstellen – das ist Polizeimeister Timo Ahlers.«

Der Mann auf dem Fahrersitz wirkte nach Monas Meinung noch sehr jung – als ob er gerade erst die Schule abgeschlossen hätte. Er trug schwarze Jeans und einen grauen Kapuzenpullover. Sie gab ihm die Hand: »Moin, ich bin die Mona.«

»Ich habe schon viel von dir gehört«, murmelte Timo. Er wirkte verlegen, konnte ihr nicht in die Augen sehen. Mona musterte ihn forschend: »Und wahrscheinlich hast du mich auch gesehen, oder? In diesem elenden Video?«

Der junge Polizist nickte.

»Für die heutige Aktion werde ich jedenfalls keinen Bikini anziehen«, witzelte die Kommissarin düster. Ina pflichtete ihr bei: »Das geht schon allein deshalb nicht, weil ich dich jetzt verkabeln werde.«

Sie öffnete eine der hinteren Türen. Die beiden Frauen nahmen auf dem Rücksitz Platz, wo Ina unter Monas Oberteil griff und die Mikrofone auf ihre Haut klebte.

»Wenn Daan mich filzen will, ist meine Tarnung sofort im Eimer«, gab die Kommissarin zu bedenken.

»Das sehe ich auch so, aber Emke hat darauf bestanden, dass wir dein Treffen mithören können«, erwiderte die Emder Kollegin.

»Euer Chef scheint genauso stur zu sein wie der unsere«, meinte die Kommissarin mit einem schiefen Grinsen. »Gibt es denn noch weitere *Instruktionen* für uns?«

»Wir sollen zugreifen, sobald Daan Lansink dir eine Waffe in die Hand drückt«, erwiderte Ina. Mona erwiderte: »Was wisst ihr über den Verdächtigen – außer, dass euch auch sein Nachname bekannt ist?«

»Lansink stammt aus Rotterdam, wohnt aber schon seit fast zehn Jahren hier in Emden«, lautete die Antwort. »Er betreibt eine Werkstatt für Motorräder und Mopeds, das ist seine offizielle Einnahmequelle. Lansink wurde wegen Hehlerei verurteilt, seitdem ist er vorsichtiger geworden. Dass er sich auch mit illegalem Waffenhandel befasst, war für uns neu. Natürlich haben wir ein großes Interesse daran, ihm das Handwerk zu legen.«

»Sobald ich mich als Polizistin zu erkennen gebe, wird Daan die Klappe halten«, vermutete Mona, »daher möchte ich ihn gern etwas aushorchen, bevor wir ihm Handschellen anlegen.«

»Das wird Emke nicht gefallen, aber er muss es ja nicht erfahren«, sagte Ina augenzwinkernd, »oder was meinst du, Timo?«

»Ich habe nichts von eurem Gespräch gehört«, behauptete der junge Polizist.

»Wir müssen einen Mord aufklären und eine weitere Straftat verhindern, über die Daan etwas wissen könnte«, erklärte Mona. Sie machten einen Soundcheck. Das Überwachungssystem funktionierte einwandfrei. Dann startete Timo den Motor, und sie fuhren zur Dollartstraße hinüber.

»Wir lassen dich an der Ecke aussteigen, sodass der Verdächtige unser Auto nicht bemerkt«, erklärte Ina, »die zweite Einheit hat sich schon in der Nähe positioniert. Wenn du Unterstützung brauchst, sind wir innerhalb von drei Minuten bei dir.«

Ein langer Zeitraum, wenn man um sein Leben kämpfen muss, dachte die Kriminalistin. Doch sie behielt diese Überlegung für sich und sagte: »Lasst mich erst versuchen, Daan ein paar Informationen zu entlocken. Wenn ich das Wort *Tiefseetaucher* nenne, stürmt ihr seine Bude, einverstanden?«

»Alles klar, wir sagen auch den Kollegen Bescheid. – Pass gut auf dich auf«, erwiderte Ina. Mona stieg aus und schaute sich kurz um. Die Dollartstraße verband die Nesserlanderstraße mit der Althusiusstraße. Durch die Bepflanzung mit Bäumen und Sträuchern wirkte die von kleinen Friesenhäusern gesäumte Straße nicht so nüchtern wie andere Teile des Hafengebiets. Daans Behausung war schon von Weitem zu erkennen: Die Werkstatt befand sich in einem Anbau. Dort brannte Licht, denn inzwischen stand die Sonne schon tief und spendete kaum noch ausreichende Helligkeit. *Immerhin scheint der Kerl daheim zu sein,* dachte die Kommissarin. Irgendwo ertönte Radiomusik, die von Werbespots unterbrochen wurde – wobei sie das Gerät nicht sehen konnte. Wo war Daan? Diese Frage stellte sie sich, während sie die Schrauberhöhle betrat. Es roch nach Schmieröl und Zweitaktmischung. Einige Motorräder waren auseinandergenommen worden und warteten wie metallene Skelette ohne Räder darauf, wieder fit gemacht zu werden. Auf den ersten Blick sah hier alles nach ganz normaler Arbeit aus. Die eigentliche Werkstatt bot keine Versteckmöglichkeit. Eine schmale Tür verband den Anbau mit dem eigentlichen Haus.

»Hallo? Ist jemand hier?«, rief die Ermittlerin. Sie entdeckte nun das Rundfunkgerät, einen uralten Radiorekorder. Aber von dem Waffendealer fehlte immer noch jede Spur. Mona drückte die Türklinke herunter und betrat das Haus. Im nächsten Moment presste jemand eine Pistolenmündung gegen ihren Hals.

Kapitel 13

Mona hatte es nicht zum ersten Mal mit einem gewaltbereiten Kriminellen zu tun. Dennoch ließ es sie nicht kalt, mit einer tödlichen Waffe bedroht zu werden. Sie musste jetzt die Nerven behalten, das war ihre beste Chance. Und vor allem musste sie bei ihrer Rolle als Paula Niebler bleiben, wenn sie die nächsten Minuten überleben wollte. Sie drehte den Kopf gerade weit genug, um ihren Widersacher anschauen zu können. Der Mann war schätzungsweise eins achtzig groß und hager. Er trug eine schwarz gefärbte Militärhose, Basketballschuhe und ein schmuddeliges blaues T-Shirt ohne Ärmel.

»Mach dich mal locker, Daan – du bist doch Daan, oder? Ich wollte dir heute auf die Bude rücken, hast du das schon vergessen?«

Während sie versuchte, möglichst locker zu klingen, bemerkte sie einige weitere Details. Dieser Mann roch nicht nur nach Schweiß, sondern auch nach Schnaps. Sie wusste nicht, was sie davon halten sollte. Einerseits wurden Menschen durch Alkohol unberechenbar und aggressiv, das hatte sie schon oft genug erlebt. Aber andererseits konnte der Rausch seine Zunge lösen und die Morduntersuchung dadurch voranbringen. Der Bewaffnete schaute sie mit einem unergründlichen Blick an: »Ja, da war doch irgendetwas … du bist Peggy.«

Daan sprach undeutlich. Es ließ sich schwer einschätzen, wie viel Schlagseite er schon hatte. Die Lichtverhältnisse waren hier nicht die besten. Sie stand mit ihm in einem Flur, wo es nach Erbsensuppe und kaltem Rauch roch. Mona sagte: »Eigentlich heiße ich Paula, aber wen interessieren schon Namen? – Könntest du deine Bleispritze runternehmen?«

Sie führte sich vor Augen, dass ihre Kollegen draußen in den Dienstwagen jedes Wort mitbekommen konnten – vorausgesetzt, dass die Technik noch funktionierte. Ob Ina eigenmächtig den Zugriff anordnen würde, wenn sie von der Bedrohung hörte? Die Kommissarin hoffte darauf, dass ihre Emder Kollegin ihr genügend Sachverstand zutraute. Der Ganove ließ seinen rechten Arm langsam sinken, die Pistolenmündung zeigte nun auf die staubigen Dielenbretter, was die Kommissarin als einen kleinen Teilerfolg verbuchte.

»Sorry, Pe … Paula. Ich bin momentan ein bisschen nervös. – Komm mit.«

Sie folgte ihm. Die Kriminalistin hätte ihn jetzt entwaffnen können, aber noch war das illegale Geschäft nicht über die Bühne gegangen. Sie musste ihre Ungeduld zügeln. Daan ging in eine altmodisch eingerichtete Küche, die besser zu einer achtzigjährigen Ostfriesin als zu einem Kerl wie ihm gepasst hätte. Der eierschalenfarben lackierte Küchenschrank schien aus einem anderen Jahrhundert zu stammen, genau wie der altmodische Herd und die übrigen Einrichtungsgegenstände. Es gab eine Sitzecke, auf dem mit einem Wachstuch bedeckten Tisch stand eine halb leere Flasche Korn und ein Glas. Daan holte ein zweites aus dem Schrank: »Du trinkst doch auch einen mit?«

»Da sage ich nicht nein.«

Mona machte sich nicht viel aus Schnaps, aber sie wollte Daans Vertrauen gewinnen. Der Verdächtige ließ sich auf die mit zerschlissenem Stoff bezogene Bank fallen, die Kommissarin nahm ihm schräg gegenüber Platz. Er füllte beide Gläser mit der klaren Flüssigkeit und prostete ihr zu. Sie kippte den Korn herunter und unterdrückte einen Hustenreiz. Es entging ihr nicht, dass Daan sie musterte.

»Gefällt dir, was du siehst?«, fragte sie lächelnd.

»Du bist doch Sigmars Schnalle«, gab er zu bedenken.

»Was du nicht sagst! Hast du dich gar nicht gefragt, warum er mich zu dir schickt, um eine Knarre zu besorgen?«

Daan zuckte mit den Schultern und füllte sein Glas erneut: »Dein Freund spielt gern das große Verbrechergenie. Der macht sich nicht selbst die Finger schmutzig. Und du siehst so süß und unschuldig aus – bei dir würde niemand vermuten, dass du bei mir eine Wumme kaufen sollst.«

»Du kannst ja richtig charmant sein«, erwiderte Mona lachend, »und von Sigmar hältst du wohl nicht allzu viel?«

»Wie kommst du denn darauf?«

Während er diese Frage stellte, rückte Daan näher an die Kriminalistin heran. Wollte er sie anbaggern? Die beiden saßen über Eck. Insofern konnte er sie nicht so einfach in seine Arme ziehen. Sie stellte sich trotzdem darauf ein, aufzuspringen und ihm Saures zu geben. Aber noch war die Situation nicht aus dem Ruder gelaufen. Er hatte seine Pistole hinten in den Hosenbund gesteckt. *Am besten wäre es, wenn ich sie ihm abnehmen könnte,* dachte Mona. Aktuell kam sie jedenfalls nicht an die Waffe heran.

»Du redest über Sigmar, als ob du ihn für einen Möchtegern hältst«, meinte sie.

»Keine Ahnung, was das sein soll«, murmelte Daan. Sie machte sich klar, dass sie es mit einem gebürtigen Niederländer zu tun hatte. Er sprach zwar passabel Deutsch, kannte aber dieses Wort offensichtlich nicht.

»Das ist jemand, der größer sein will, als er sein kann«, erklärte sie.

Der Verdächtige nuschelte: »Ja, das stimmt – so einer ist dein Sigmar. – Du trinkst noch einen Schnaps, oder?«

»Einverstanden, aber lass deine Pfoten von mir!«

Daan hatte nämlich versucht, nach ihrem Arm zu greifen. Er zuckte zurück, als ob sie unter Strom stehen würde: »Schon gut, Paula. Sei nicht so zickig, ich bin ein netter Kerl. Bei mir weißt du, woran du bist – nicht so wie bei deinem Freund.«

Er füllte ihr Glas noch einmal.

»Wie meinst du das? Und woher kennst du Sigmar überhaupt?«, wollte Mona wissen. Daan grinste breit. Es gefiel ihm, dass er offensichtlich ihr Interesse geweckt hatte.

»Wir haben hier und da Geschäfte miteinander gemacht«, behauptete Daan, »es gibt nichts, was ich nicht beschaffen kann. – Ich finde, du könntest ruhig etwas freundlicher zu mir sein.«

Erneut versuchte er, die Kriminalistin zu berühren. Sie rückte ein wenig von ihm ab: »So leicht bin ich nicht zu haben, kapiert? Und überhaupt – ich bin wegen der Knarre gekommen – und nicht, um zu flirten.«

Allmählich fragte Mona sich, ob sie hier nur ihre Zeit verschwendete. Daan war aus irgendeinem Grund nicht gut auf Rothe zu sprechen – aber warum sollte dies ihre Ermittlungen nicht voranbringen? Sie wollte jetzt eigentlich nur noch die illegale Pistole beschlagnahmen und den Waffendealer festnehmen.

»Sigmar hat dich gar nicht verdient«, meinte Daan, »oder ist es dir egal, dass er auch mit deiner Freundin herummacht?«

Die Kriminalistin horchte auf: »Von wem sprichst du?«

»Die Frau, die auch gerade auf Borkum ist – Sabrina heißt sie.«

Also hatte Rothe mit Sabrina ein Verhältnis gehabt, obwohl sie eigentlich mit Noah Lerke liiert war? Dadurch erschien die Beziehung der beiden Männer zueinander in einem ganz anderen Licht. Hatte Lerke von der Untreue gewusst? Wollte er sich an Rothe rächen, indem er die 100.000 Euro im Alleingang kassierte? Und war dieser Plan durch den Mord an Lerke durchkreuzt worden? Sie hakte nach: »Woher weißt du darüber Bescheid?«

Daan lachte, als ob sie einen Scherz gemacht hätte: »Was glaubst du denn? Rothe hat mir davon erzählt, als wir neulich telefoniert haben. Er – wie sagt man auf Deutsch – schlägt gern auf die Milch.«

»Es heißt eigentlich ›auf die Sahne hauen‹«, korrigierte Mona, »wenn das stimmt, was du sagst, dann werde ich ihm die Ohren lang ziehen. – Und jetzt möchte ich endlich meine Pistole kriegen.«

»Schon gut, mach keinen Stress«, erwiderte der Waffendealer. Er rutschte auf der anderen Seite aus der Sitzecke und kam schwankend auf die Beine. Bisher sprach nichts dafür, dass er misstrauisch geworden war. Doch plötzlich riss er seine Pistole aus dem Hosenbund und richtete sie auf Mona.

»Was soll der Mist? Bist du jetzt völlig durchgeknallt?«, schimpfte sie. Seine Stimme klang gefährlich ruhig, als er antwortete: »Ich hab getrunken, aber ich bin nicht dumm. Und mein Gedächtnis funktioniert gut. Als ich neulich mit Sigmar telefonierte, sprach er von dem Tattoo, das seine Freundin jetzt am Hals hätte – ein Diamant und ein Totenkopf. Aber davon sehe ich bei dir nichts!«

»Dann schau mal richtig hin«, erwiderte sie, ohne sich beirren zu lassen. »Du kannst ja kaum geradeaus gucken – wie ein Tiefseetaucher im Schlick.«

Noch während sie diese Sätze aussprach, trat sie gegen ein Tischbein. Daraufhin kippte die Kornflasche um. Daan drehte seinen Kopf in die Richtung – wie es 99 von 100 Personen taten, wenn ein plötzliches Geräusch entstand. Diesen Moment nutzte Mona, um aus ihrer sitzenden Position hochzukommen und vorwärts zu schnellen. Sie packte sein Handgelenk und drückte es mit ganzer Kraft nach oben.

»Polizei! Sie sind verhaftet!«, rief sie gellend. Daan versuchte, sie mit seiner freien Hand zu schlagen. Die Kommissarin blockte ihn mit dem Unterarm ab. Ihre eigene Dienstwaffe konnte sie momentan nicht ziehen. Sie stellte ihren linken Fuß hinter den Schuh ihres Gegners und verpasste ihm einen Kopfstoß gegen die Brust. Er stolperte und fiel rückwärts um. Da sie sein Handgelenk nicht loslassen wollte, ging sie ebenfalls zu Boden – wobei sie immerhin auf ihm lag, wodurch sie in der besseren Position war. Nun hörte sie, wie sich schnelle Schritte durch die Werkstatt näherten.

»Ich bin hier!«, machte sie sich bemerkbar. Gleich darauf stürmten Ina, Timo und zwei weitere Emder Polizeikollegen in die Küche. Trotz seines berauschten Zustandes war Daan noch klar genug im Kopf, um jeden weiteren Widerstand aufzugeben. Er ließ sich entwaffnen.

»Wo ist die Pistole, die Sie mir verkaufen wollten?«, fragte Mona. »Oder war das die Waffe, die Sie mir vor die Nase gehalten haben?«

Er murmelte ein paar Worte in seiner Muttersprache. Die Kriminalistin verstand genug Niederländisch, um einen Fluch zu erkennen.

»Wir stellen hier sowieso alles auf den Kopf. Früher oder später finden wir, was wir suchen«, kündigte sie an. Daan warf ihr einen glasigen Blick zu. Das kurze Gerangel schien ihn erschöpft zu haben, jedenfalls sagte er nun nichts mehr. Timo belehrte ihn über seine Rechte, durchsuchte die Taschen des Verdächtigen und brachte ihn hinaus. Ina warf Mona einen prüfenden Blick zu: »Ist bei dir alles in Ordnung?«

»Ja, mir geht es gut – obwohl ich im Dienst der Gerechtigkeit einen schauerlichen Schnaps trinken musste«, scherzte sie. Daan Lansink wurde zum Polizeikommissariat gebracht und in eine Arrestzelle gesteckt. Am nächsten Tag sollte ein Haftrichter entscheiden, wie es mit ihm weitergehen würde. Mona rief Enno an. Sie konnte sich vorstellen, dass er bereits wie auf heißen Kohlen saß: »Der Zugriff war ein Erfolg, mir fehlt nichts. Und ich habe Neuigkeiten, was unseren Mordfall angeht. Ich komme morgen mit der ersten Fähre zurück, dann erzähle ich dir alles.«

*

Es gab im Emder Hafengebiet einige günstige Hotels. In einem davon konnte die Kommissarin noch ein Zimmer ergattern. Nach dem gelungenen Einsatz belohnte sie sich selbst, indem sie eine Pizza vor dem TV aß und sich eine Liebesschnulze anschaute. Während sie unkonzentriert der zuckersüßen Handlung folgte, beschäftigte sie sich weiterhin mit der kriminalistischen Untersuchung. Wenn Rothe Lerke für sein Vorhaben am 10. September als Helfer gebraucht hatte – würde er ihn vor diesem Datum erstochen haben? Gewiss, wenn Lerke ihn hintergehen und sich mit den 100.000 Euro absetzen wollte, dann war das für einen Mann wie

Rothe ein überzeugendes Mordmotiv. Aber wie hätte er von dem geplanten Verrat erfahren können? Dafür kam nur eine Person infrage, nämlich Sabrina Geesen. Wenn Daan die Wahrheit gesagt hatte und sie auch Rothes Geliebte gewesen war – würde sie ihren Freund gegenüber Rothe verraten und dadurch sein Todesurteil unterschrieben haben? Mona wusste nicht, was sie glauben sollte. Und sie erinnerte sich an Sabrinas offensichtlichen Schock, als sie von dem Mord erfahren hatte. Hätte sie so eine Reaktion überzeugend vorgaukeln können? Und was für eine Rolle spielte die Galionsfigur dabei? Die Kommissarin merkte, dass ihre Gedanken sich im Kreis zu drehen begannen. Sie benötigte weitere Fakten, um den Fall lösen zu können. Mona spülte die Pizza mit Zitronenlimonade herunter. Sie trat ans Fenster und genoss den Blick auf den nächtlichen Emder Hafen mit seinen unzähligen Lichtern. Ein riesiger Autofrachter legte gerade ab und machte sich mit seiner Ladung von hochwertigen Pkws auf den Weg ans andere Ende der Welt. Obwohl die Kriminalistin die Atmosphäre in der geschäftigen Seehafenstadt spannend fand, freute sie sich auf die Rückkehr nach Borkum. Allmählich machte sich bei ihr Müdigkeit bemerkbar. Sie ging ins Bett, löschte das Licht und fiel in einen tiefen traumlosen Schlaf.

Kapitel 14

Mit dem Fährschiff, das frühmorgens in Emden ablegte, kamen weniger Urlauber und Kurgäste als vielmehr Handwerker und andere Arbeitnehmer, die zeitweise auf dem Ferieneiland tätig waren, auf die Insel. Mona hatte im Hotel gefrühstückt, und da der Himmel wolkenlos war, genoss sie diesmal die gesamte Überfahrt an Deck. Seit sie auf Borkum lebte, hielt sie sich öfter als je zuvor in ihrem Leben im Freien auf. Dort fühlte die Kommissarin sich am lebendigsten, was ganz besonders für die Strandspaziergänge und ihre Schwimmrunden in der Nordsee galt. Während die *Ostfriesland* sich ihrem Fahrtziel näherte, rief Mona ihre Emder Kollegin an.

»Moin, Ina! Ich wollte mal hören, wie es meinem speziellen Freund Daan Lansink geht.«

Die Oberkommissarin lachte und sagte: »Der Herr wird wohl einen Brummschädel haben. Er wurde gestern Abend nach seiner Verhaftung amtsärztlich untersucht, wobei ein beachtlicher Promillegehalt im Blut festgestellt wurde. Die genaue Zahl habe ich nicht im Kopf, aber das ist vielleicht auch nicht so wichtig. Für dich dürfte interessant sein, dass wir bei der Durchsuchung von Werkstatt und Haus insgesamt fünf nicht registrierte Handfeuerwaffen sichergestellt haben. Bei allen waren die Seriennummern sorgfältig herausgefeilt.«

»Lass mich raten – der Knabe verweigert die Aussage?«, vermutete die Ermittlerin.

»So ist es«, gab Ina zurück, »aber das wird ihm nichts nützen, denn wir durchleuchten jetzt systematisch seine Kontakte und Aktivitäten. – Unser Dienststellenleiter ist übrigens äußerst dankbar für euren Hinweis auf den Waffenkauf. Wir wussten zwar, dass Lansink ein Ganove ist, aber von seiner Verstrickung in solche Geschäfte hatten wir bisher keine Ahnung.«

»Gern geschehen, wir spielen schließlich alle im selben Team«, gab Mona zurück. »Wir bleiben bei diesem Fall in Kontakt, in Ordnung? Vielleicht können wir uns noch mal gegenseitig helfen.«

»Ich hätte nichts dagegen einzuwenden«, versicherte Oberkommissarin Mertens. Nachdem das Telefonat beendet war, dauerte es noch einige Zeit, bis die Silhouette der weit vor der Küste liegenden größten ostfriesischen Insel in Sicht kam. Monas Herz schlug schneller, als sie endlich die Fischerbalje erblickte. Dieses Leuchtfeuer am Kopf des Leitdamms war für sie immer ein Zeichen dafür, dass die Einfahrt in den Borkumer Hafen unmittelbar bevorstand. Wie üblich entstand beim Anlegemanöver Gedränge in den Passagiersalons. Manche Menschen schienen zu befürchten, dass sie nicht rechtzeitig von Bord kämen und den wartenden Zug der Kleinbahn verpassten (was nach Monas Kenntnisstand noch niemals vorgekommen war). Doch sie selbst musste jetzt nicht in einen der farbigen Waggons steigen. Als sie nämlich die Gangway verließ, erblickte sie eine wohlbekannte Gestalt zwischen den anderen Wartenden. Natürlich hatte Enno es sich nicht nehmen lassen, seine Kollegin abzuholen. Sie fiel ihm spontan um den Hals: »Wie schön, dich zu sehen! Es kommt mir vor, als ob ich eine halbe Ewigkeit fort gewesen wäre!«

»Ich bin auch froh, dass du wieder da bist. Rufus vermisst dich natürlich ebenfalls«, erzählte der Oberkommissar, nachdem die beiden sich wieder voneinander gelöst hatten, »ich bin heute früh höchstpersönlich mit ihm am Hundestrand gewesen. – Lass uns erst mal einen Tee trinken. Ich möchte unbedingt alles über den Zugriff auf den Waffendealer erfahren.«

Damit war sie einverstanden. Die Kommissare gingen zum *Dock 7.* Das beliebte Lokal befand sich in der Nähe des Fährhafens und war um diese Uhrzeit am Vormittag bereits geöffnet. Mona und Enno setzten sich an einen der Holztische im Außenbereich, von dem aus sie einen hervorragenden Blick auf die Kaianlagen und die Schiffe hatten. Nachdem sie Ostfriesentee bestellt hatten, begann die Kommissarin mit ihrem Bericht. Enno horchte auf, als sie das Verhältnis zwischen Rothe und Sabrina Geesen erwähnte: »Wenn Lerke davon Wind bekommen hat, wird er ganz schön sauer gewesen sein. Ich stelle es mir so vor: Er beschließt, Rothe auszubooten und die 100.000 Euro allein zu kassieren. Das wäre ein starkes Motiv für Rothe, seinen Komplizen zu erledigen.«

»Apropos: Was macht der Bösewicht eigentlich?«, wollte Mona wissen.

»Er schmort in seiner Arrestzelle und verweigert die Aussage, bis sein Anwalt wieder hier ist. Dr. Büll hatte noch einen anderen Termin, er kann erst am frühen Nachmittag wieder nach Borkum kommen.«

»Ich denke, dass wir vorher Sabrina Geesen auf den Zahn fühlen sollten, Enno. Sie muss jetzt endlich die ganze Wahrheit sagen.

Vielleicht weiß sie ja sogar über die Solopläne ihres ermordeten Freundes Bescheid.«

»Ja, wir sollten die junge Dame ins Gebet nehmen«, stimmte der Oberkommissar zu, »vielleicht wird sie ja etwas auskunftsfreudiger, nachdem du diese Neuigkeiten über ihr Privatleben erfahren hast.«

»Das wird sich zeigen.«

Mit diesen Worten griff Mona nach ihrem Telefon und rief Sabrina Geesen an: »Moin, hier spricht Kommissarin Sander. Mein Kollege und ich haben noch ein paar Fragen an Sie … nein, das kann nicht warten. Es ist wichtig. Wo sind Sie? Ja, dann treffen wir uns dort in einer halben Stunde.«

Ihr Tonfall ließ keinen Widerspruch zu. Enno schaute sie fragend an, als sie das Gerät wieder einsteckte.

»Sabrina sitzt bei *Geeske & der swarte Roelf*«, teilte sie dem Oberkommissar mit. »Ich weiß nicht, ob sie dort eine Verabredung hat.«

Nachdem die Ermittler ihren Tee ausgetrunken hatten, zahlten sie und fuhren zur Polizeistation – mit einem kleinen Umweg zu Monas Wohnung, wo sie ihren Koffer abstellte. Nachdem sie die Wache erreicht hatten, parkten sie das Auto auf dem Hof. Es hätte sich nicht gelohnt, die kurze Strecke bis zur Promenade mit dem Pkw zurückzulegen – ganz abgesehen davon, dass dieser Bereich Fußgängern vorbehalten war. *Geeske & der swarte Roelf* war ein rustikal eingerichtetes Lokal mit einem wunderbaren Blick auf die Musikkuppel und den Strand. Auf der Promenade herrschte auch am Vormittag schon viel Betrieb. Wer keinen Strandkorb oder Liegestuhl mieten konnte oder wollte, machte es sich auf einer der zahlreichen Ruhebänke bequem. Auch die Milchbuden mit ihren Snacks und Getränken zu zivilen Preisen erfreuten sich großer Beliebtheit. Sabrina Geesen hatte an einem der Holztische im Außenbereich Platz genommen. Sie trug ein fast bodenlanges gemustertes schulterfreies Strandkleid und trank einen Cocktail. Als die Kommissare auf sie zu traten, deutete Mona auf das farbige Glas mit dem Strohhalm und Papierschirmchen: »Ist es dafür nicht noch etwas früh?«

»Es geht Sie zwar nichts an, aber dieses Mixgetränk ist alkoholfrei!«, gab die Verdächtige pampig zurück. Die Ermittler ließen sich davon nicht beeindrucken. Enno holte an der Selbstbedienungstheke Mineralwasser für seine Kollegin und sich, dann kehrte er zu den beiden Frauen zurück.

»Sie sind also nüchtern?«, hakte die Kommissarin nach und sagte: »Das ist gut, dann haben Ihre Aussagen in einem Strafverfahren Bestand – was natürlich auch für Ihre Lügen gilt!«

Sabrina Geesen reagierte scheinbar empört. Doch hinter ihrer ruppigen Fassade glaubte Mona pure Angst zu erkennen.

»Sind Sie verrückt geworden, Frau Sander? Wann soll ich denn geschwindelt haben?«

»Als Ihnen ›entfallen‹ ist, wie gut Sie Paula Niebler und ihren Freund Sigmar Rothe kennen – der übrigens momentan in einer Arrestzelle der hiesigen Polizeidienststelle sitzt.«

Mit diesen Worten zog Mona ihr Smartphone. Sie zeigte das Foto, das sie von der geständigen Komplizin bekommen hatte. Darauf waren Paula Niebler und Sabrina Geesen in verführerischen Outfits und in schwesterlicher Umarmung zu sehen. Die Verdächtige biss sich auf die Unterlippe. Offenbar hatte sie nicht damit gerechnet, die Aufnahme in den Händen einer Kriminalbeamtin zu sehen.

»So ein Miststück!«, entfuhr es ihr. Mona bedankte sich bei Enno mit einem Kopfnicken für ihr Wasser, nahm einen Schluck und entgegnete: »Sie sprechen von Ihrer Freundin Paula? Oh, sie ist clever. Die junge Dame hat erkannt, dass unsere Ermittlungen schon weit vorangeschritten sind. Und wenn eine Täterin ihre baldige Verhaftung absehen kann, gibt es nur noch zwei Möglichkeiten: Flucht oder umfassendes Geständnis. Paula hat sich für Letzteres entschieden, weil sie intelligent ist. Natürlich hätte sie abhauen können, aber bei Mordfällen ist die Aufklärungsquote sehr hoch. Früher oder später kriegen wir jeden.«

Die Worte der Kommissarin schienen Sabrina Geesen zu verwirren: »Soll das heißen, Paula hätte Noah getötet?«

»Das habe ich nicht gesagt«, stellte Mona klar, »ich sprach von einem Mordfall, in den Ihre Freundin verwickelt ist. Aber auch Beihilfe zum Mord ist kein Delikt, das man auf die leichte Schulter nehmen sollte. Wenn Sie wissen, was gut für Sie ist, dann sagen Sie ab sofort die Wahrheit.«

Die Verdächtige warf der Ermittlerin einen seltsamen Blick zu. Es war, als könne sie nicht glauben, dass die Kommissare ihr auf die Schliche gekommen waren. Sie trank einen Schluck von ihrem

Cocktail und murmelte: »Jetzt bereue ich es, dass dieser Drink keinen Alkohol enthält.«

»Oft kann es innerlich befreiend sein, das Gewissen zu erleichtern«, versicherte Enno. Sein verständnisvoller und warmherziger Unterton schien bei der jungen Frau gut anzukommen – jedenfalls besser als Monas schroffe Art. Die Kriminalistin wusste, dass sie sich wegen ihrer Ruppigkeit oft genug selbst im Weg stand. Aber sie konnte es nicht ausstehen, wenn jemand ihr frech ins Gesicht log. Und das hatte sie die Verdächtige spüren lassen wollen. Sabrina Geesen blickte auf die an der Musikkuppel vorbei flanierenden Badegäste. Ob sie nach den richtigen Worten suchte? Als Mona schon ungeduldig zu werden begann, sagte sie: »Noah und ich haben uns gut verstanden. Ich kann Ihnen nicht verraten, wer ihn umgebracht hat. Wenn ich es wüsste, würde ich es Ihnen mitteilen.«

»Wir wissen, dass Sie mit Rothe im Bett waren«, behauptete Mona. Genaugenommen war nur Daan Lansinks Behauptung ein Hinweis auf das Verhältnis. Die Kommissarin wollte austesten, wie die Verdächtige auf ihren Satz reagierte. Diesmal war Sabrina Geesen nicht dazu fähig, ihre wahren Gefühle zu verbergen. Als sie den Mund öffnete, wirkte sie wie eine ertappte Sünderin: »Ja, ich habe mich mit Sigmar eingelassen. Können Sie das nicht verstehen? Er ist ein Kerl, bei dem man als Frau einfach schwach wird ...«

Der letzte Satz regte die Kriminalistin ganz besonders auf – vor allem, weil sie dadurch an ihren eigenen Fehltritt denken musste, den sie zutiefst bedauerte.

»Wir reden hier nicht über meinen Geschmack, was Männer angeht!«, fauchte sie. »Für uns ist die Frage entscheidend, ob Rothe Noah Lerke getötet hat oder nicht.«

Die Verdächtige wirkte überrascht: »Warum hätte er das tun sollen? Wir vier haben ja bei verschiedenen … Unternehmungen gut miteinander harmoniert.«

»*Unternehmungen* ist eine hübsche Umschreibung für die Erpressungen sowie die Verabreichung von K.-o.-Tropfen«, spottete Mona, »dafür werden Sie sich übrigens auch noch verantworten müssen, aber wir reden jetzt über den Mord an Ihrem Freund. – Wir würden Sie sein Verhältnis zu Rothe beschreiben?«

Sabrina Geesen zuckte mit den Schultern: »Sie waren Kumpane, keine Freunde.«

Enno schüttelte den Kopf und meinte: »Ist das wirklich Ihre Überzeugung? Rothe hat keine Gelegenheit ausgelassen, sich als Boss aufzuspielen. Es muss für Noah Lerke demütigend gewesen sein, ausgerechnet von so einem Mann 10.000 Euro zu leihen.«

»Davon weiß ich nichts«, behauptete die Verdächtige.

»Dann können Sie uns wohl auch nicht verraten, warum Ihr Freund das Geld plötzlich zurückzahlen konnte?«, fragte die Kommissarin und fügte hinzu: »Wir haben die Textnachricht von Rothe an Lerke gesehen. Unter einer freundschaftlichen Erinnerung verstehe ich etwas anderes.«

»Sigmar brauchte Noah, auch wenn er ihn nicht besonders nett behandelt hat«, murmelte Sabrina Geesen, »und ich wusste noch nicht mal, dass Noah Sigmar angepumpt hatte. Also kann ich auch nicht sagen, wie er die Schuld beglichen hat.«

Mona fand, dass sie sich nicht besonders überzeugend anhörte. Enno hakte nach: »Sie sagen, Rothe wäre auf Lerke angewiesen gewesen. – Wofür genau benötigte er Ihren Freund?«

»Sigmar hat von einer großen Sache gesprochen, die uns alle reich machen würde, Herr Moll. Aber mehr wollte er noch nicht verraten.«

Und momentan schweigt er wie eine Auster, dachte die Kriminalistin. Sie sagte: »Erzählen Sie uns von der Motoryacht.«

»Sie wissen davon, Frau Sander?«

»Klar, sonst hätte ich das Thema nicht angeschnitten.«

Die Ermittlerin vermutete bisher nur, dass Lerke vor seiner Freundin mit dem 100.000-Euro-Boot geprahlt hatte – zumal er es ja noch gar nicht besaß. Aber er schien verzweifelt versucht zu haben, sie zu beeindrucken. Während Mona diese Überlegung durch den Kopf ging, sprach die Verdächtige weiter: »Ich habe Noahs Sprüche nicht für bare Münze genommen. Wir haben ja mit unseren *Unternehmungen* nicht schlecht verdient, aber für so eine tolle Yacht reichte es dann doch nicht. Noah hatte sich jedenfalls in den Kopf gesetzt, so ein Boot zu beschaffen. ›Darin fahre ich mit dir bis ans Ende der Welt‹ – das waren seine genauen Worte. Dabei hatte er noch nicht mal einen Bootsführerschein, soweit mir bekannt ist.«

»Bei unserem ersten Telefonat hielten Sie mich für eines von Lerkes ›Ludern‹, wie Sie sich ausdrückten«, erinnerte die Ermittlerin. »Wie kamen Sie auf die Idee, dass Ihr Freund Sie betrog?«

Sabrina Geesen hüllte sich in Schweigen, also sprach Mona weiter: »Ich werde es Ihnen sagen. Lerke hatte herausgefunden, dass Sie sich mit Rothe eingelassen hatten. So, wie ich Rothe einschätze, hat er es ihm vielleicht sogar selbst aufs Butterbrot geschmiert. Zuzutrauen wäre es ihm. Jedenfalls vermuteten Sie deshalb, dass Lerke es Ihnen mit gleicher Münze heimzahlen wollte.«

Nun öffnete die Verdächtige doch den Mund: »Noah ging öfter allein weg und schaltete sein Handy aus. Wenn ich ihn darauf ansprach, spielte er den Unschuldigen.«

Ob es im Leben des Mordopfers wirklich noch eine andere Frau gegeben hatte? Bisher gab es keinen Hinweis, der in diese Richtung deutete. Die Kriminalistin vermutete, dass er diese Zeiten benötigt hatte, um das Geld für die Rückzahlung aufzutreiben und jenen Coup einzufädeln, der ihm auf einen Schlag 100.000 Euro einbringen sollte. Enno stellte nun eine Frage, die scheinbar etwas aus dem Rahmen fiel: »Wessen Idee war es eigentlich, Ihre Angehörigen auf Borkum zu besuchen?«

Die Verdächtige schaute den Oberkommissar verblüfft an, dann erwiderte sie: »Ich habe mal erwähnt, dass mein Onkel auf der Insel ein Ferienhaus besitzt. Daraufhin wurde Sigmar hellhörig und wollte mehr über meine Verwandten wissen. Er drängte darauf, dass Noah und ich nach Borkum aufbrachen … ihm war wichtig, dass wir hier vor dem 10. September ankamen und uns bei meinen Verwandten häuslich einrichteten.«

»Kam Ihnen das nicht seltsam vor?«

»Eigentlich schon, Herr Moll. Aber Sigmar erklärt seine Absichten nicht. Daher hat es keinen Zweck, nachzufragen. Ich nehme an, dass er am 10. September wieder mal etwas vorhatte.«

»Lassen Sie uns über den Morgen reden, an dem Ihr Freund ermordet wurde«, forderte Mona, »wir wissen immer noch nicht, worum es bei Ihrer Auseinandersetzung ging.«

Die Verdächtige rollte mit den Augen und erwiderte: »Noah hat mich mit seiner Eifersucht genervt. Er sagte, dass er mich lieben würde und ich für Sigmar nur ein billiges Vergnügen gewesen wäre. So etwas hört keine Frau gern, oder? Ich wollte schließlich nicht länger streiten und verließ das Haus in aller Herrgottsfrühe, lief Richtung Strand. Wenn ich das Meer sehe, dann beruhige ich mich meist ganz schnell. Ich fühlte mich schon wieder ganz gut, als Ihr Anruf kam, Frau Sander. Ich ging sofort an die Decke. Ich glaubte, dass Noah eine seiner Tussis dazu gebracht hätte, mir auf die Nerven zu gehen. Darum bin ich so ausgeflippt.«

Dabei gibt es diese ›Tussis‹ wahrscheinlich gar nicht, dachte die Ermittlerin. Sie fragte: »Sagt Ihnen der Name Bruno Lienen etwas?«

»Wollen Sie mich veräppeln?«, gab Sabrina Geesen zurück. »Das ist – oder war – doch so ein Schlagersänger, oder? Lebt der überhaupt noch? Meine Oma hat immer Lieder von ihm geträllert.«

Ob sie gar nicht wusste, dass der Musiker am 10. September in der *Kulturinsel* auftreten wollte? Momentan gab es keine Beweise, die für eine geplante Entführung oder Erpressung von Lienen sprachen. Der Oberkommissar wollte das Thema offenbar nicht vertiefen. Er fragte: »Wer ist Ihrer Meinung nach für Noah Lerkes Tod verantwortlich?«

»Das bin ich«, gab die Verdächtige mit einer Stimme zurück, die von einem kleinen Mädchen hätte stammen können. Diese Antwort kam für die Kommissare überraschend. Mona hakte nach: »Also geben Sie zu, Ihren Freund erstochen zu haben?«

»Nein, das war ich nicht. Aber Sie fragten nach der Verantwortung – und da fühle ich mich schon schuldig. Durch mein Verhalten ist die Kluft zwischen Noah und Sigmar immer größer geworden.«

»Also gehen Sie davon aus, dass Rothe Ihren Freund getötet hat?«, wollte Enno wissen. Sabrina Geesen nickte.

»Gibt es dafür Beweise?«, fragte er. Diesmal bestand die Antwort aus einem Kopfschütteln.

Kapitel 15

»Sie halten sich zu unserer Verfügung.«

Mit dieser Ermahnung von Mona verließen die Ermittler die Verdächtige. Inzwischen war es so hell, dass sie ihre Sonnenbrillen aufsetzen mussten. Von Weitem hätte man die Kommissare für ein Touristenpaar halten können, als sie Richtung Bismarckstraße gingen.

»Was denkst du – hat die Dame komplett ausgepackt?«, wollte die Kriminalistin von ihrem Kollegen wissen.

»Zuletzt hat sie ihren Liebhaber schwer belastet – allerdings, ohne ihren Verdacht begründen zu können«, erwiderte er, »und ich kann mir nicht vorstellen, dass Rothe vor ihr mit der Bluttat geprotzt hat. So dumm wird er nicht gewesen sein.«

»Und selbst wenn – dann stünde Aussage gegen Aussage«, stieß Mona hervor. Sie fügte hinzu: »Ich hoffe auf die kriminaltechnische Untersuchung der Mordwaffe. Wie du weißt, bin ich leicht zufriedenzustellen – eine Hautschuppe von Rothe oder ein Teilabdruck eines Fingers würde mir schon reichen, um ihn festnageln zu können. Er hatte Motiv und Gelegenheit: Als er mitbekam, dass Lerke seine Pläne zu durchkreuzen drohte, wollte er seinen Komplizen stattdessen für immer zum Schweigen bringen!«

»Davon bin ich noch nicht so ganz überzeugt«, erwiderte der Oberkommissar. »Woher hätte Rothe beispielsweise wissen können, dass Lerke allein im Haus war?«

»Er wusste es nicht im Vorfeld, es war eher eine spontane Tat«, dachte die Ermittlerin laut nach. Sie sprach weiter: »Ich stelle es mir so vor: Rothe findet heraus, dass Lerke ihn übers Ohr hauen und mit den 100.000 Euro verschwinden will. Also wartet er auf eine passende Gelegenheit, um seinen lästig gewordenen Mittäter aus dem Weg zu räumen. Rothe lungert in der Nähe herum. Er bekommt mit, dass Frau Rademacher zum Einkaufen geht und Sabrina aus dem Haus rennt. Wenig später haut auch Herr Rademacher ab, weil er den Diebstahl melden will. Das ist die Gelegenheit, auf die Rothe gewartet hat. Er dringt ins Gebäude ein, beispielsweise durch das bereits aufgehebelte Fenster. Oder Rademacher hat in seiner Aufregung die Tür nicht richtig geschlossen, das wäre auch möglich. Jedenfalls holt Rothe sich in der Küche ein Messer. Lerke könnte ein Geräusch gehört haben. Er will nach dem Rechten sehen. Als er ins

Sieben-Meere-Zimmer geht, kommt der Täter aus der Küche und sticht ihn ohne vorherige Konfrontation einfach nieder. Lerke hat keine Chance auf Gegenwehr und geht sterbend zu Boden.«

»Dieser Ablauf hört sich für mich sehr plausibel an«, lobte Enno, »aber du darfst das LAKERS-Shirt nicht vergessen, das der Täter getragen hat. Und wo kommt die Galionsfigur ins Spiel?«

Nun lass mich doch mal mit dieser blöden Holzfigur in Ruhe!

Dieser Satz kam Mona spontan in den Sinn. Aber sie schluckte ihn herunter, ohne die Worte laut auszusprechen. Bei jedem anderen Gesprächspartner hätte sie sich wahrscheinlich nicht so zurückgehalten. Sie betrachtete ihren Kollegen eher als einen Freund, liebte ihn sogar – auf eine platonische Art. Außerdem hatte sie größten Respekt vor seiner Diensterfahrung und Menschenkenntnis. Sein Einwand war berechtigt – und immerhin war der Einbruch in das Sieben-Meere-Zimmer ja der ursprüngliche Grund für ihre aktuellen Ermittlungen gewesen. Der Ostfriese schien zu spüren, was in ihr vorging. Er legte seinen Arm um ihre Schultern: »Lass uns die Zeit nutzen, bis Rothe mit seinem Strafverteidiger gesprochen hat. Wir gehen ja davon aus, dass er es auf Bruno Lienen abgesehen hat. Falls das zutreffen sollte, gibt es vielleicht Vorbereitungen, bei denen Spuren oder Hinweise hinterlassen wurden. Möglicherweise befindet sich der Schlagerstar ja schon auf Borkum. – Übrigens fühle ich mich so richtig alt, seit Sabrina Geesen sich so abfällig über Lienen geäußert hat.«

»Warum das denn?«, fragte die Kommissarin entgeistert.

»Der Sänger wurde im selben Jahr wie ich geboren, das habe ich vorhin nachgeschlagen«, gestand er, »und die junge Dame ist ja offenbar der Meinung, dass er nur Musik für Senioren machen würde.«

»So ein Unsinn!«, rief Mona lachend und kniff ihm spielerisch in die Wange, »du hast doch mich an deiner Seite, dadurch bleibst du jung!«

Auf der Bismarckstraße waren besonders viele Menschen unterwegs, denn vor Kurzem war eine Fähre aus Eemshaven eingetroffen – und die Passagiere hatten nun mit dem Zug den Inselbahnhof erreicht und machten sich auf den Weg zum Strand. Die vorherrschende Umgangssprache in der Fußgängerzone war also momentan Niederländisch; aus dem Nachbarland kamen bei schönem Wetter viele Tagestouristen nach Borkum. Nachdem die

Kommissare ihr Dienstzimmer in der Wache erreicht hatten, nahm Enno zunächst Kontakt mit der Kulturinsel auf. Es stellte sich heraus, dass Bruno Lienen mitsamt seinem Management an diesem Morgen angereist war. Der Schlagersänger wohnte im *Hotel Zu den Gezeiten*, einem 4-Sterne-Traditonshaus in unmittelbarer Nähe des Inselbahnhofs.

»Dann sollten wir dem Herrn umgehend unsere Aufwartung machen«, meinte Mona, »vielleicht bekommst du ja sogar ein Autogramm.«

»Bei mir bin ich nicht sicher, aber du kriegst bestimmt eins«, erwiderte er schmunzelnd, »denn angeblich hat der Künstler ein Faible für junge Damen.«

»Aber wohl nicht für solche von meinem Schlag«, sagte sie augenzwinkernd. Das Hotel befand sich nicht weit von der Polizeistation entfernt. Das Borkumer Zentrum war ein Ort der kurzen Wege. Das *Hotel Zu den Gezeiten* existierte bereits seit den Regierungsjahren des letzten deutschen Kaisers, war seitdem aber immer wieder liebevoll restauriert worden. Der Fußboden der Lobby bestand aus einem großen Mosaik, das eine Kompassrose darstellte. Da die Ermittler einen guten Kontakt zu dem Personal von Hotellerie und Gastronomie unterhielten, waren sie den Angestellten an der Rezeption persönlich bekannt.

»Wir müssen mit Bruno Lienen sprechen«, sagte die Kriminalistin mit gedämpfter Stimme zu der Rezeptionistin, »und nein, ich bin kein *Groupie*.«

»Das hatte ich auch nicht angenommen, Mona«, gab die junge Frau lächelnd zurück. Sie fügte hinzu: »Herr Lienen hat vor Kurzem die Atlantik-Suite bezogen, ich melde euch an.«

Mit diesen Worten griff die Hotelmitarbeiterin zum Telefonhörer. Die Kommissare stiegen die große Marmorfreitreppe zum ersten Stockwerk hoch. Als sie die Suite beinahe erreicht hatten, wurde die Tür aufgestoßen. Ein hakennasiger Mann, der in seinem schwarzen Rollkragenpullover und der Bügelfaltenhose von gleicher Farbe wie das Klischeebild eines Sektenpredigers aussah, schaute die Ermittler misstrauisch an.

»Sie sind nicht Bruno Lienen«, stellte die Kriminalistin fest.

»Das haben Sie messerscharf kombiniert«, schnarrte Hakennase, »und Sie sind angeblich Polizeibeamte, wie mir die Rezeption mitteilt?«

Wie auf Kommando zogen die beiden ihre Dienstausweise hervor und nannten ihre Namen.

»Und mit wem haben wir das Vergnügen?«, fragte Mona, wobei sie sich bemühte, nicht allzu ironisch zu klingen.

»Ich bin Rufus von Espel, Bruno Lienens Manager«, antwortete der Mann und überreichte ihr eine Visitenkarte, »und ich möchte Sie bitten, etwas leiser zu sprechen. Herr Lienen hat sich hingelegt, um nach der langen Reise zu entspannen.«

»Darauf nehmen wir selbstverständlich Rücksicht«, versicherte die Kommissarin mit gedämpfter Stimme, während sie und Enno der Hakennase in die Suite folgten, »und nebenbei bemerkt ist Rufus ein sehr schöner Name.«

Die Tatsache, dass ihre Dogge auch so hieß, behielt sie wohlweislich für sich – zumindest vorläufig. Von Espel warf ihr einen Blick zu, der so viel bedeuten konnte wie: *Willst du mich anbaggern?*

Enno erklärte: »Wir sind wegen einer Ermittlung hier, mit der wir momentan beschäftigt sind. Es wäre möglich, dass Kriminelle unter einem Vorwand Kontakt zu Herrn Lienen aufnehmen wollen. Daher meine Frage: Ist Ihnen in letzter Zeit etwas auffällig oder verdächtig vorgekommen?«

Der Manager antwortete nicht sofort, sondern blickte über Mona hinweg auf ein Gemälde, das an der Wand hinter ihr hing. Es zeigte eine dramatische Szene vom Walfang im 19. Jahrhundert, der noch mit kleinen Booten und Handharpunen durchgeführt wurde. Die gesamte Suite war maritim eingerichtet – man fühlte sich dort wie an Bord eines Luxusdampfers aus vergangener Zeit, mit vielen Messingbeschlägen und mit Leder bezogenen Klubsesseln. Von Espel nickte langsam und sagte: »Ja, da gab es tatsächlich einen Anruf, der mir etwas seltsam vorkam. Vor ungefähr zehn Tagen meldete sich eine mir unbekannte Frau auf meiner Mobilnummer. Weiß der Teufel, wie die Dame daran gekommen ist. Diese Nummer kursiert in Fankreisen als Brunos Privatnummer. Bei den meisten hat sich allerdings herumgesprochen, dass man auf diesem Weg nur das Management erreicht. Diese Anruferin wusste es noch nicht und bestand darauf, mit meinem Klienten zu sprechen. Ich blieb höflich, weil man Fans nun mal freundlich behandeln sollte. Die Dame war jedenfalls hartnäckig und wollte unbedingt unsere Borkumer Hoteladresse erfahren. Das kam mir seltsam vor. Verstehen Sie mich nicht falsch, Bruno ist kein Kind von Traurigkeit. Aber bei manchen Menschen habe ich ein seltsames Gefühl in der Magengrube – eine Ahnung davon, dass etwas nicht richtig ist.«

»Obwohl es kein Geheimnis ist, dass Herr Lienen bei seinem Menü junges Gemüse bevorzugt«, sagte Mona, bevor sie sich bremsen konnte. Der Manager warf ihr einen gereizten Blick zu: »Manche Dinge werden maßlos übertrieben, Frau Sander! Wenn Sie meine Bedenken wegen dieses Anrufs nicht ernst nehmen, dann bedaure ich es. Aber in dem Fall befürchte ich, Ihnen nicht weiter helfen zu können.«

Mona hätte sich wegen ihrer dummen Bemerkung am liebsten in den Hintern getreten. Vielleicht war Von Espels Information ja wirklich wichtig – und sie zerstörte den Kontakt, weil sie ihren Schnabel nicht halten konnte! *Solange die Gefährtinnen dieses Schlagerstars nicht minderjährig sind oder zu etwas gezwungen werden, kann er verehren, wen er will,* sagte die Kommissarin zu sich selbst. Enno ließ sich von den Sätzen des Managers nicht beirren: »Wir sind durchaus dankbar für Ihre Beobachtungen, Herr von Espel. – Hat diese Anruferin ihren Namen genannt? Sprach sie mit einem erkennbaren Dialekt? Oder gab es eine andere Auffälligkeit, beispielsweise Lispeln oder Stottern?«

Der Manager lächelte stolz: »Ich habe etwas Besseres, Herr Moll! Bei Telefonaten, die mir dubios erscheinen, mache ich grundsätzlich einen Audio-Mitschnitt. Den kann ich Ihnen gern zur Verfügung stellen.«

Mit diesen Worten zog er sein Smartphone aus der Tasche und begann, nach der passenden Datei zu suchen. Nach Monas Meinung war Hakennases Methode datenschutzrechtlich durchaus fragwürdig. Aber falls dadurch ein schweres Verbrechen verhindert werden konnte, beschloss sie, nicht genauer darüber nachzudenken. Es dauerte nicht lange, bis er den passenden Mitschnitt gefunden hatte: »Hier, hören Sie selbst.«

Zunächst knackte es, dann war Von Espels Stimme zu vernehmen: »Hallo?«

»Bruno?«, säuselte eine verführerisch klingende Frau. »Ich kann es nicht glauben, dich endlich persönlich sprechen zu können. Ich bin dein größter Fan. Wenn wir uns am 10. September auf Borkum treffen könnten, dann würde ich dir gern meine Hingabe beweisen ...«

»Das reicht für den Moment«, versicherte der erfahrene Kriminalist. »Es ist sehr entgegenkommend von Ihnen, uns diese Datei zu überlassen. Sie könnte ein wichtiges Indiz in einem Mordfall sein. – Und die Stimme der Anruferin haben wir sofort erkannt. Nicht wahr, Mona?«

Die Ermittlerin nickte grimmig. Paula Nieblers einschmeichelnder Tonfall war ihr noch aus dem Moment in Erinnerung, als die Verdächtige Mona im Verhörraum wie eine alte Freundin begrüßt hatte.

*

»So ein Luder!«, fluchte Mona, als sie zusammen mit ihrem Kollegen wenig später das Hotel *Zu den Gezeiten* verließ. Zuvor hatte der Manager ihnen die Audiodatei auf ihre Smartphones geschickt. Er machte aus seiner Erleichterung, dass die Polizei wieder abzog, kein Hehl. Aber das spielte für die Ermittlerin keine Rolle. Sie wollte jetzt die Frau verhaften, die ihr so überzeugend die reumütige Sünderin vorgespielt hatte. Am meisten war die Kommissarin auf sich selbst sauer, weil sie Paula Niebler auf den Leim gegangen war.

»Ärgere dich nicht«, riet Enno mit seiner üblichen Gemütsruhe. »Die Dame konnte uns eine Zeit lang an der Nase herumführen, aber sie wird ihrer Strafe nicht entgehen. Ich wundere mich nur darüber, dass sie sich dem Schlagersänger so plump an den Hals werfen konnte.«

»Für manche Männer kann eine Frau gar nicht eindeutig genug agieren«, behauptete die Kommissarin. »Du kennst doch den Spruch: Auf einen groben Klotz gehört ein grober Keil.«

»Wenn du das sagst ...«, gab der Ostfriese schmunzelnd zurück. Die beiden holten ihr Auto und fuhren zum *Hotel Windsor*, wo Paula Niebler ein Zimmer hatte – oder besser gesagt: gehabt hatte.

»Der Gast ist abgereist«, teilte Piet Lepper den Kriminalisten mit, »und zwar mit der ersten Fähre, die heute Morgen abgelegt hat.«

Das Schiff, mit dem ich aus Emden gekommen bin, dachte Mona verstimmt. Sie hatte bei ihrer Ankunft nur Augen für Enno gehabt – nicht für die Passagiere, die am Kai warteten und mit zurück aufs Festland genommen werden wollten. Zwischen ihnen musste sich die Verdächtige befunden haben.

»Ich schreibe sie zur Fahndung aus«, sagte der Oberkommissar und zog sein Smartphone hervor.

»Und was wird mit diesem Sigmar Rothe?«, wollte der Hotelier wissen.

»Der hat gerade eine vergitterte Unterkunft bezogen, du solltest dir deine Gäste sorgfältiger aussuchen!«, lästerte sie schlecht gelaunt. Schon im nächsten Moment bereute sie ihre Worte. Piet Lepper konnte nun wirklich nichts für ihren Frust. Und es war ganz gewiss nicht seine Schuld, wenn sich Ganoven bei ihm einmieteten. Sie lächelte entschuldigend: »Piet, ich bin heute eine richtige Zimtzicke! Könntest du mir eventuell vergeben?«

»Wir zischen an deinem nächsten freien Abend ein paar Biere zusammen, dann ist alles vergessen«, erwiderte er, »da muss ich mir von einigen Gästen wirklich schlimmere Dinge anhören.«

Die Ermittler überprüften routinemäßig noch das Zimmer der Verdächtigen, aber dort war die Putzkolonne schon fleißig gewesen und hatte alles für den nächsten Urlauber bereit gemacht. Nichts erinnerte mehr daran, dass Paula Niebler hier gewohnt hatte. Auf dem Rückweg zur Wache sprachen die beiden weiter über den Fall.

»Genau genommen können wir nur beweisen, dass die junge Dame den Schlagerstar kennenlernen wollte«, stellte Enno nüchtern fest. »Ein cleverer Strafverteidiger würde sagen, dass Tausende weibliche Fans sich dieses Wunsches schuldig gemacht haben. Und er hätte recht.«

»Paula wird jedenfalls nicht so blöd sein und ihre Rolle als Lockvogel bei einer Entführung zugeben«, räumte seine Kollegin ein, »und Rothe weiß genau, dass er nur die Klappe halten muss, um uns das Leben so schwer wie möglich zu machen.«

»Immerhin ist es uns gelungen, ein schweres Verbrechen zu verhindern, Mona.«

»Ja, als ›Nebeneffekt‹ einer immer noch andauernden ergebnislosen Mordermittlung«, murmelte sie niedergeschlagen. Es tat ihr gut, gegenüber Enno auch ihre negativen Gefühle zeigen zu können und ihm nicht Friede-Freude-Eierkuchen vorspielen zu müssen.

»Ich baue auch auf die Untersuchung der Mordwaffe«, betonte der Oberkommissar. »Wir sollten mal in Oldenburg etwas Druck machen. Aber es ist besser, wenn der Chef im Labor anruft – und nicht wir. Erstens hat sein Wort mehr Gewicht ...«

»Und zweitens?«

»Zweitens sind die Kriminaltechniker dann wegen der Drängelei auf Oltbeck schlecht zu sprechen – und nicht auf uns.«

»Du bist wirklich mit allen Wassern gewaschen«, meinte Mona grinsend.

»Das bringt die Diensterfahrung so mit sich«, versicherte er. Wenig später hatten sie die Polizeistation erreicht und kamen durch das Wachlokal herein. Dort wurden sie von einer erleichtert scheinenden Grietje begrüßt: »Ihr kommt wie gerufen. Herr Rademacher hat einen neuen Hinweis bei seinem Fall.«

Ihr Tonfall ließ keinen Zweifel daran, was die Polizeimeisterin selbst von dieser Neuigkeit hielt. *Wenigstens hat sie mit dem Augenrollen gewartet, bis Rademacher ihr den Rücken zugewandt hat,* dachte die Kommissarin, während der Alte auf sie zu kam: »Der Dieb hat mir eine Botschaft geschickt, um mich zu verhöhnen!«

Er griff in seine Jacke und drückte Mona einen Gegenstand in die Hand. Es war die Spielkarte eines Skatblattes. Genauer gesagt: Der Herzbube.

Kapitel 16

Die Kommissarin reagierte nicht sofort, was bei ihr eher selten vorkam. Rademacher schaute sie an, als ob er sie für besonders begriffsstutzig hielte: »Verstehen Sie nicht, Frau Sander? Der Dieb verhöhnt mich – weil Sie ihm noch immer nicht auf die Schliche gekommen sind.«

Enno fragte: »Woher hast du die Spielkarte, Hauke?«

»Sie befand sich in meinem Briefkasten, ohne Kuvert.«

»Es ist bedauerlich, dass Sie das Beweisstück berührt haben«, meinte Mona, »dadurch könnten Fingerabdrücke des Täters verwischt worden sein.«

Im Gegensatz zu Grietje nahm sie diese nebulöse Botschaft an den Besitzer der Galionsfigur durchaus ernst. Allerdings fragte sie sich, warum der Dieb jetzt noch einmal aktiv wurde – aus keinem für sie nachvollziehbaren Grund. Ihre Worte schienen Rademacher zu erschrecken: »Daran hatte ich nicht gedacht, Frau Sander! Ich muss mich entschuldigen, diese Dinge sind so fremd für mich … aber Sie werden diese Spur doch gewiss trotzdem verfolgen?!«

»Selbstverständlich gehen wir dem Hinweis nach – und halten dich auf dem Laufenden«, versicherte der Oberkommissar. Er hatte sich von der Polizeimeisterin einen Beweismittelbeutel geben lassen und tat die Spielkarte hinein.

»Dann will ich Sie nicht von der Arbeit abhalten … und ich hoffe, dass Sie den Schuldigen bald zur Verantwortung ziehen.«

Mit diesen Worten verließ der alte Herr die Polizeistation. Mona schaute ihn durch das Fenster nach, als er draußen auf der Strandstraße in Richtung Norderstraße davonging. Grietje öffnete den Mund – vermutlich, um eine neue Lästerattacke vom Stapel zu lassen.

»Verkneif es dir einfach, in Ordnung?! Du solltest die Zeit lieber nutzen, um dich auf unseren Liegestütz-Wettbewerb vorzubereiten, denn der ist noch nicht vom Tisch!«

Mit dieser Ankündigung schaffte die Kommissarin es, ihre junge Kollegin vom Sprechen abzuhalten. Grietje schien zu ahnen, dass sie sich im Vergleich zu Mona nicht mit Ruhm bekleckern würde. Die Ermittler gingen in ihr Büro, um in Ruhe weiter an dem Fall arbeiten zu können. Nachdem sie die Tür von innen geschlossen hatten, hielt

Enno seiner Kollegin den Beweismittelbeutel vor die Nase: »Was fällt dir an der Karte auf?«

Mona zuckte mit den Schultern: »Sie ist ziemlich abgegriffen. Wahrscheinlich ist sie seit Jahren irgendwo im Einsatz, wo Skat gekloppt wird.«

»Richtig, und dorthin fahren wir jetzt«, kündigte der Oberkommissar an.

»Du weißt, woher der Herzbube stammen könnte?«, vergewisserte sie sich.

»Ich vermute es zumindest. – Lass dich einfach überraschen.«

»Es wird mir wohl nichts anderes übrig bleiben«, gab Mona zurück. Die beiden stiegen in ihren Dienstwagen, der Ostfriese startete den Motor und warf seiner Kollegin einen Seitenblick zu – sagte aber nichts. Er lenkte das Auto in Richtung Hafen. Es dauerte nicht lang, bis sie die Reedestraße erreicht hatten.

»Wie lange willst du mich noch schmoren lassen?«, fragte die Kommissarin. Geduld war noch nie ihre Stärke gewesen. Enno erwiderte: »Also gut, wir sind ohnehin bald dort, wo ich hinwill. – Es hat durchaus Vorteile, auf einer überschaubaren Insel zu leben. Ich kenne die Gewohnheiten meiner Mitmenschen. Daher weiß ich, dass Dörping jeden Mittwoch im *Zum Klecker* Skat kloppt.«

Mona kannte dieses Lokal nur vom Namen her, war allerdings noch nie dort gewesen. Sie wusste nur, dass es auf der touristisch geprägten Insel zu den wenigen Orten gehörte, in die sich fast nie Urlauber verirrten – wahrscheinlich, weil es ein wenig versteckt abseits der Fahrbahn an der Juister Strate lag und jeder, der in den Ort oder zum Strand wollte, sich nicht in diesen Teil Borkums verirrte. Außerdem war die Gaststube von *Zum Klecker* kaum größer als ein normales Wohnzimmer. In der stillen Gewerbestraße unweit vom Fährhafen fand Enno jedenfalls sofort einen Parkplatz. Der Türsturz des Eingangs war so niedrig, dass er sich beim Eintreten bücken musste, um nicht gegen den Rand zu stoßen. Mona schaute sich neugierig um. Die Wände waren mit bunten Farbflecken bedeckt, ein Muster erkannte sie nicht. An der Theke saßen einige Männer bei Korn und Bier, die sich durch das Erscheinen der Kommissare nicht stören ließen. Es handelte sich um Insulaner. Sie liefen der Ermittlerin gelegentlich über den Weg, ohne dass sie ihre Namen gewusst hätte. Der Wirt begrüßte die Kriminalisten: »Moin, ihr beiden! Was führt euch zu mir? Hat sich etwa ein Taschendieb in die Juister Strate verirrt?«

Er lachte über seinen eigenen Witz. Natürlich war Keno Bajunga wie den meisten anderen Einheimischen bekannt, dass Mona und Enno hauptsächlich mit der Bekämpfung von Eigentumsdelikten beschäftigt waren, wenn sie nicht gerade einen Mordfall lösen mussten. Der Anblick der durch den Ortskern patrouillierenden Zivilpolizisten stellte für die Borkumer nichts Ungewöhnliches dar.

»Nee, deswegen sind wir nicht hier«, versicherte der Oberkommissar. »Wir wollten eigentlich nur nachschauen, wo du deine Kartensets aufbewahrst.«

»Im Spieleregal natürlich«, antwortete der Wirt. Er zeigte auf ein offenes Holzrack, das zwischen der Theke und dem Durchgang hing, der zu den Toiletten führte. Mona schaute sich das Regal genauer an. Dort befanden sich neben einigen Brettspielen wie Mühle oder Mensch-ärgere-dich-nicht auch ein paar Spielkartensets.

»Da kann ja jeder etwas mitgehen lassen«, stellte sie fest. Keno Bajunga zuckte mit den Achseln: »Hierher kommen nur ehrliche Menschen.«

»Braucht ihr noch einen dritten Mann zum Skat?«, fragte ein Witzbold, der am Tresen stand. Die Kriminalistin schüttelte lachend den Kopf: »Nee, heute nicht.«

Ihr war immer noch nicht klar, welche Überlegung Enno hierhergebracht hatte. Es gab genügend Gastrobetriebe auf der Insel. Wie kam er darauf, dass der Herzbube zu einem Kartenset aus genau diesem Lokal gehörte? Ihr Kollege wandte sich wieder an den Wirt, wobei er Hauke Rademacher ziemlich genau beschrieb und dann fragte: »War dieser Mann in letzter Zeit hier?«

Keno Bajunga musste nicht lange überlegen: »Ja, erst gestern. Er ist aber nicht lange geblieben – hat nur ein kleines Bier getrunken, dann verschwand er wieder. Besonders wohl schien er sich bei mir nicht gefühlt zu haben.«

»Er hat kaum die Zähne auseinanderbekommen«, ergänzte der Scherzkeks an der Theke, bevor er ein weiteres Bier bestellte. Enno schien genug gehört zu haben. Er bedankte sich und steuerte die Tür an. Mona folgte ihm. Als die beiden draußen waren, fragte er: »Weißt du eigentlich, warum die Kneipe *Zum Klecker* heißt?«

»Du wirst es mir gleich verraten, hoffe ich.«

Er lächelte und fuhr fort: »Keno wollte zusammen mit seinem Bruder eine Gastwirtschaft eröffnen. Maik Bajunga war ein Kunstmaler, er fühlte sich für die Wandgestaltung verantwortlich. Leider starb er, bevor er die Kleckserei vollenden konnte. Jedenfalls hat Keno die Gestaltung so gelassen, um seinen Bruder zu ehren.«

»Das ist schön und traurig zugleich, aber ich begreife immer noch nicht, wie der Herzbube aus Rademachers Briefkasten uns hierhergeführt hat.«

Enno erklärte: »Als Hauke mit der Spielkarte auf der Wache erschien, musste ich sofort daran denken, dass Dörping jede Woche im *Zum Klecker* Skat spielt. Das tut er seit Jahren.«

»Davon wusste ich nichts, aber ich bin eben nur eine Zugereiste«, gab Mona zurück. Auch wenn sie sich im Herzen inzwischen als Borkumerin fühlte – sie stammte nun mal vom Festland und kannte die Insel und die Einheimischen nicht so gut wie ihr Kollege das tat. Der Oberkommissar sprach weiter: »Wir sind ja davon ausgegangen, dass Rademacher von der Untreue seiner Frau nichts weiß. Aber wenn wir uns in dieser Hinsicht irren? Wir haben mit Dörping schon gesprochen, aber davon ist Rademacher nichts bekannt. Er will unbedingt den Verdacht auf den Liebhaber seiner Frau lenken, um es ihm heimzuzahlen.«

Mona führte die Überlegung weiter: »Wenn deine Annahme stimmt, dann müsste er die Galionsfigur irgendwo bei Dörping versteckt haben – in der Hoffnung, dass wir sie finden. Und Rademacher hätte also demnach seine eigene Skulptur beiseitegeschafft? Aber warum sollte er den Diebstahl vortäuschen?«

»Weil ich inzwischen glaube, dass nicht Rothe, sondern Rademacher Noah Lerke erstochen hat. Ich benötige noch eine Information, um meinen Verdacht untermauern zu können«, sagte der Oberkommissar, »aber jetzt fahren wir erst zu Dörping.«

Monas Kollege wollte sich nicht darauf verlassen, dass der viel beschäftigte Handwerker daheim war. Deshalb rief er ihn an: »Moin, hier spricht Enno von der Polizei. Wir müssen jetzt gleich dein Haus und deine Werkstatt durchsuchen. Es wäre gut, wenn wir uns dort treffen könnten.«

Er beendete das kurze Telefonat und sagte: »Begeistert war Lars nicht, aber er will innerhalb von zehn Minuten dort sein. Er fliest gerade ein Bad unweit der *Greunen Stee*.«

»Wir hatten ja anfangs Rademacher schon mal in Verdacht, aber dann erschien uns Rothe als der vielversprechendere Kandidat«, meinte Mona selbstkritisch.

»Rothe hätte seinem Komplizen garantiert den Hals umgedreht, aber bevor es dazu kommen konnte, war Lerke schon tot«, vermutete der Kriminalist. Von dem Lokal bis zu Dörpings Haus war es nicht weit. Die Ermittler stiegen aus und warteten auf ihn. Sein Auto stand jedenfalls nicht im Carport. Mona betrachtete den Holzschuppen von außen: »Hier gibt es noch nicht mal ein Vorhängeschloss!«

Enno erwiderte: »Lars scheint nicht davon auszugehen, dass sich dort etwas von Wert befindet – und eigentlich interessieren wir uns ja nicht dafür, was herausgenommen, sondern was hineingetan wurde.«

»Rademacher wollte uns also vorgaukeln, dass der Liebhaber seiner Frau – sozusagen ihr Herzbube – ihm die Galionsfigur geklaut hätte und sich nun auch noch auf seine Kosten amüsierte?«, fragte Mona und fügte hinzu: »Dann habe ich unserem Chef wohl unrecht getan. Wenn du dich erinnerst – Oltbeck hatte ja Überlegungen angestellt, die in dieselbe Richtung gingen.«

Bevor der Oberkommissar auf ihre Bemerkung eingehen konnte, kam Dörping mit überhöhter Geschwindigkeit auf sein Haus zu gerast. Er brachte den Kastenwagen zum Stehen und stieg aus, wobei er den Kommissaren einen gereizten Blick zuwarf.

»Ich kann verstehen, dass du sauer auf mich bist, Enno!«, grollte der Handwerker. »Aber wenn ihr mich jetzt dauernd schikanieren wollt, dann finde ich das nicht mehr lustig!«

»Nun halten Sie mal den Ball flach – erzählen Sie mir lieber, warum Ihr Holzverschlag nicht abschließbar ist. Eine bessere Einladung zum Klauen gibt es doch überhaupt nicht«, fauchte Mona, bevor ihr Kollege etwas entgegnen konnte.

»Ich hatte früher ein Vorhängeschloss, das ist irgendwann kaputt gegangen«, behauptete Dörping. »Ich plane immer wieder, ein neues zu kaufen, und vergesse es dann. Aber die Bude lässt sich schon seit drei Jahren nicht sichern, und es ist noch nie etwas weggekommen.«

»Dann hast du ja bestimmt nichts dagegen, wenn wir einen Blick in den Schuppen werfen«, vermutete Enno. Dörping zuckte mit den Schultern: »Meinetwegen – ihr habt es offenbar sehr eilig, wenn ihr mich von der Baustelle wegholt.«

»Wir möchten nur, dass alles korrekt abläuft«, versicherte der Oberkommissar. Mona streifte sich Latexhandschuhe über und öffnete die Holztür. Im Schuppen roch es nach Farbe und Öl. Der Handwerker benutzte den Abstellraum offenbar zur Lagerung von leeren Lackeimern, Leitern und Pappkartons, die teilweise feucht und modrig waren. In der hintersten Ecke erblickte die Kriminalistin einen größeren Gegenstand, der sorgfältig in Knallfolie verpackt und mit Paketband umwickelt war. Sie hob ihn hoch. Er hatte ein gewisses Gewicht, aber Mona war kein Schwächling. Sie verließ den Holzverschlag und legte ihr Fundstück auf den Boden.

»Das Ding habe ich noch nie gesehen!«, rief der Handwerker aufgeregt.

»Keine Panik, diesmal glaube ich Ihnen.«

Mit diesen Worten kniete die Kommissarin sich neben den Gegenstand. Sie tastete ihn ab. Es war gut vorstellbar, dass sich unter der Verpackung eine Skulptur befand, die eine Frau darstellen sollte. Mona zog ihr Taschenmesser hervor und entfernt vorsichtig die Knallfolie am Kopfteil der Statue. Gleich darauf blickte sie in das bemalte Holzgesicht einer jungen Frau.

»Moin, werte Jungfer Juliana«, sagte die Kommissarin.

Kapitel 17

Dörping wirkte erleichtert, weil die Ermittler ihn nicht verhafteten, sondern mitsamt der Galionsfigur verschwanden. Mona sah im Rückspiegel, dass er dem Polizeifahrzeug hinterherschaute. Der Handwerker schien sein Glück kaum fassen zu können.

»Gestern war Donnerstag«, erinnerte Enno. »Rademacher wird irgendwo aufgeschnappt haben, dass der Liebhaber seiner Frau mittwochs Karten spielt. Das ist ja kein Staatsgeheimnis. Also musste er nicht befürchten, Dörping im *Zum Klecker* über den Weg zu laufen. Selbst ein unbegabter Dieb könnte in dem Lokal ein Set Spielkarten klauen. Also schnappte Rademacher sich das Skatblatt, wobei er natürlich hoffte, Dörpings Fingerabdrücke auf dem Herzbuben zu finden – oder zumindest unseren Verdacht gegen den Frauenhelden weiter zu befeuern.«

»Ich verstehe nicht, warum Rademacher die Show mit der Spielkarte abgezogen hat«, gab Mona zu. »Er hätte einfach nur die Füße stillhalten müssen. Ich muss gestehen, dass ich mich ganz auf Rothe eingeschossen hatte.«

»Hast du dich gar nicht gefragt, warum Lerke seine Schulden begleichen konnte?«, fragte der Oberkommissar. Sie musste sich eingestehen, dass sie diesen Aspekt vernachlässigt hatte. Es musste folgendermaßen abgelaufen sein: Lerke hatte sich die Summe von Rothe gepumpt, der sie aber zurückhaben wollte. Lerke hatte Rothe gerade noch rechtzeitig auszahlen können. Der ursprünglich geliehene Betrag, mit dem die Yacht angezahlt werden sollte, musste noch in einem unbekannten Versteck liegen. Lerke war getötet worden, bevor er sich das Geld holen konnte. Dies war zumindest eine Möglichkeit.

»Also hat Lerke das Geld für Rothe von Rademacher bekommen?«, wunderte Mona sich. »Aber weshalb hätte Rademacher ihn umbringen sollen?«

»Da fallen mir verschiedene Varianten ein«, erwiderte ihr Kollege. »Erst muss der Chef aktiv werden, dann sehen wir weiter.«

»Lass mich raten: Oltbeck soll bei der Staatsanwaltschaft Einsicht in Rademachers Konten beantragen – und dazu muss er natürlich mit seiner Lieblingsjuristin Kontakt aufnehmen«, meinte die Kriminalistin augenzwinkernd. Es war bei der Polizei Borkum ein offenes Geheimnis, dass der Dienststellenleiter für die junge

Staatsanwältin schwärmte. Nach ihrer Rückkehr zur Wache brachten die Ermittler ihren Vorgesetzten auf den neuesten Stand der Ermittlungen.

»Ich werde sofort veranlassen, dass die Bank des Verdächtigen Ihnen Zugang zu den Konten gewährt«, versicherte Oltbeck eifrig. Er hakte nach: »Der Diebstahl dieser Galionsfigur war also nur fingiert, um von dem Mord abzulenken?«

»Davon gehen wir momentan aus«, erwiderte Oberkommissar, »ich bin sicher, dass wir auf der Skulptur keinen einzigen Fingerabdruck von Dörping finden werden.«

»Ich rufe Sie an, sobald die Staatsanwaltschaft grünes Licht gegeben hat.«

Mit diesen Worten beendete der Chef die kurze Besprechung. Nachdem die beiden Oltbecks Büro verlassen hatten, sagte Enno: »Wir könnten jetzt eigentlich Mittagspause machen, bis wir die Bankdaten bekommen. Wer weiß, wie lang das Verhör mit Rademacher dauern wird.«

»Geht es deinen Zähnen heute wieder besser?«, erkundigte sie sich.

»Ich bin wieder ganz der Alte«, versicherte er. Die Kommissare gingen zum *Knurrhahn.*

Der beliebte Fischimbiss befand sich nur wenige Gehminuten von der Polizeistation entfernt. Sie hatten Glück und konnten noch einen Platz an einem der Stehtische ergattern. Enno bestellte Backfisch mit Kartoffelsalat, Mona wählte ihren üblichen Neptunsalat. Während die Ermittler auf ihr Essen warteten, tranken sie alkoholfreies Bier.

»Rademacher wirkte richtig geschockt, als ich in seinem Sieben-Meere-Zimmer die Leiche entdeckt habe«, sagte Mona zu ihrem Kollegen, »ich kann nicht glauben, dass ich so an der Nase herumgeführt wurde.«

»Lass dir keine grauen Haare wachsen«, erwiderte der Oberkommissar tröstend. »So, wie ich Hauke kennengelernt habe, war er wirklich durcheinander – aber nicht, weil du den Toten gefunden hast, sondern aus einem anderen Grund. Vielleicht hätte er es nie für möglich gehalten, dass er zu einer solchen Tat fähig wäre.«

»Immerhin hatte er genug Nervenstärke, um für die Tat das LAKERS-Trikot überzuziehen«, gab Mona zu bedenken. Sie hatte schon öfter Straftäter getroffen, die ihr eigenes Handeln ausblenden konnten und sich einredeten, gar nichts Falsches getan zu haben. Vielleicht gehörte Rademacher ja zu dieser Art von Verbrechern.

Wenig später war das Essen fertig, und die Kommissare machten sich über ihre Gerichte her. Enno hatte kaum den letzten Bissen Backfisch zu sich genommen, als der Chef anrief: »Sie dürfen jetzt mit Eilbeschluss der Staatsanwaltschaft auf Rademachers Bankdaten zugreifen, Herr Moll!«

Das ließ der Ostfriese sich nicht zweimal sagen. Nachdem er und Mona bezahlt hatten, kehrten sie schnell zur Dienststelle zurück. Es dauerte nicht lange, bis sie das erwartete Ergebnis schwarz auf weiß hatten: Vom Sparkonto des Ruheständlers waren am 4. September 10.000 Euro abgehoben worden. Mona klopfte ihrem Kollegen anerkennend auf die Schulter: »Gut gemacht, Sherlock Holmes! Ich kann es kaum erwarten, den Herrn zu befragen.«

»Das geht mir genauso«, versicherte die Kommissarin. Rademacher lächelte, als er wenig später seine Haustür öffnete, nachdem Mona geklingelt hatte.

»Da sind Sie ja schon! Konnte die Spielkarte Ihre Ermittlungen voranbringen?«, fragte er.

»Ja, allerdings«, erwiderte sie förmlich. »Wir müssen Sie bitten, mit uns auf die Wache zu kommen.«

»Selbstverständlich, das tue ich gern. Wahrscheinlich haben Sie eine Galionsfigur sichergestellt, die ich identifizieren soll ...«

Darauf erwiderten die Kommissare nichts. Merkte Rademacher gar nicht, dass die beiden sich distanzierter und reservierter verhielten als bei den vorherigen Begegnungen? Oder lebte er so in seiner eigenen Welt, dass ihm diese Veränderungen gar nicht auffielen? Der Verdächtige griff nach seiner Jacke und trat zu den Ermittlern auf die Straße. Enno sagte: »Ich muss dich zunächst durchsuchen, Hauke. Hast du Waffen oder Gegenstände bei dir, an denen ich mich verletzen könnte?«

Rademacher fiel aus allen Wolken: »Nein, natürlich nicht! Solche Dinge gehören nicht zu meinen irdischen Besitztümern! Das kann doch nur ein schlechter Scherz sein!«

Immerhin verweigerte er die Leibesvisitation nicht. Während Enno ihn durchsuchte, belehrte Mona ihn über seine Rechte: »Sie stehen unter dringendem Tatverdacht, Noah Lerke getötet zu haben. Sie müssen sich nicht selbst belasten, können die Aussage verweigern und einen Rechtsbeistand hinzuziehen.«

Der Verdächtige hob das Kinn und setzte eine störrische Miene auf: »Ich habe mir nichts vorzuwerfen!«

Das klingt aber nicht so, als ob er unschuldig wäre, dachte sie. Oder interpretierte die Ermittlerin zu viel in seine Worte hinein? Enno konnte bei Rademacher jedenfalls keine Waffen finden. Die Kommissare waren mit dem Auto zur Norderstraße gekommen. Da er keinen Widerstand leistete, verzichteten sie auf Handschellen. Während der kurzen Fahrt herrschte im Fahrzeuginneren eisiges Schweigen. Rademachers verkniffener Gesichtsausdruck wurde erst dann entspannter, als er das Dienstzimmer der Kommissare betrat und die Galionsfigur erblickte. Sie war größtenteils immer noch in die Knallfolie gewickelt, Mona hatte lediglich das Gesicht freigelegt.

»Da ist ja meine ›Juliana‹«, sagte er mit einem beinahe zärtlichen Unterton in der Stimme. »Wo haben Sie das Diebesgut denn entdeckt?«

»Wollen Sie die Komödie nicht allmählich beenden?«, fragte Mona zurück. »Oder sollte ich besser von einem Trauerspiel sprechen? Immerhin stehen Sie im Verdacht, den Freund Ihrer Nichte getötet zu haben – und zwar, nachdem Sie ihm 10.000 Euro geliehen haben, die Sie wahrscheinlich nie wiedersehen werden.«

Rademacher schaute die Kommissarin so schockiert an, als ob sie ihn geohrfeigt hätte. Eigentlich gab es noch keinen Beweis dafür, dass der Betrag tatsächlich bei Lerke gelandet war. Aber das Mienenspiel des Verdächtigen bewies der Ermittlerin, dass sie den Nagel auf den Kopf getroffen hatte. Trotzdem versuchte er, weiterhin zu leugnen: »Ich weiß nicht, wovon Sie sprechen. Im Übrigen ist es meine Sache, wofür ich mein Geld ausgebe.«

»Der Mörder hat ein LAKERS-Oberteil getragen, das eigentlich Noah gehörte«, stellte Enno ruhig fest, »die Textilie wird momentan im kriminaltechnischen Labor Oldenburg untersucht. Willst du es wirklich darauf ankommen lassen, ob deine DNA auf dem Trikot nachgewiesen werden kann?«

Rademachers Blick wurde glasig. Er saß auf dem Besucherstuhl des Oberkommissars, den Kopf hatte er gesenkt. Es war nicht einzuschätzen, ob er sich nun in Schweigen hüllen wollte oder nicht. Als Mona schon ungeduldig zu werden begann, öffnete er wieder den Mund: »Alle haben mich nur ausgenutzt.«

»Das musst du uns etwas genauer erklären, Hauke.«

»Ihr wisst es doch, Enno. Oder habt ihr noch nicht herausgefunden, was Brigitte hinter meinem Rücken so treibt? Sie hält mich für einen verschrobenen alten Spinner, aber ich merke jedes Mal genau, wenn sie wieder einen neuen Liebhaber hat. Die Wahl ist eben aktuell auf diesen knackigen Handwerker gefallen, Dörping heißt er – aber das wisst ihr natürlich. Ihr habt ja die Galionsfigur bei ihm gefunden.«

»Ja, richtig. – Und wie würden Sie Ihr Verhältnis zu Sabrina Geesen und Noah Lerke beschreiben?«, wollte Mona wissen. Nun brach es aus dem Alten hervor: »Meine Nichte ist eine große Enttäuschung für mich! Ich bin für sie nur interessant, wenn sie Geld oder eine Gefälligkeit von mir erwarten kann – beispielsweise sie und ihren nichtsnutzigen Freund in meinem Ferienhaus zu beherbergen!«

Lerke ist tot, aber er ist immer noch sauer auf ihn, dachte sie. Die Kommissarin stellte fest: »Sie mochten den jungen Mann überhaupt nicht. Und trotzdem haben Sie ihm 10.000 Euro gegeben. Warum?«

Der Verdächtige schwieg nun, verschränkte die Arme vor der Brust. Es schien, als ob er für den Moment dichtmachen wollte. Dann ging er doch auf ihre Frage ein: »Ich könnte jetzt die Aussage verweigern wie ein bockiges Kind. Aber Sie wissen offenbar schon, dass ich Geld abgehoben habe. Wäre es möglich, meiner Frau nichts davon zu erzählen?«

»Das können wir dir nicht versprechen«, stellte Enno klar, »wofür hat Lerke den Betrag denn nun gebraucht?«

»Er faselte etwas von Schulden, die er bei einem üblen Kerl hätte«, antwortete der Alte, »ich gab ihm die 10.000 Euro. Im Gegenzug sollte er umgehend mein Ferienhaus verlassen. Er versprach es hoch und heilig, aber er dachte gar nicht daran!«

»Woher wollen Sie das wissen?«

»Weil ich den Kerl kurze Zeit später versehentlich beim Telefonieren belauscht habe, Frau Sander! – Ich bin nachts aufgewacht und wollte ein Glas Wasser trinken. Da hörte ich, wie Lerke im Garten mit seinem Smartphone beschäftigt war. Er sprach äußerst abfällig über mich, meine Frau und auch meine Nichte. Und er dächte gar nicht daran, mein Haus zu verlassen! Ich hätte ihm am liebsten den Hals umgedreht, aber im offenen Kampf rechnete ich mir keine Chance aus. Also musste ich mich beherrschen und schlau vorgehen. Meine Chance kam wenige Tage später, als Lerke und Sabrina einen lauten Streit hatten. Meine Nichte stürmte hinaus, Brigitte war beim Einkaufen – oder bei ihrem Liebhaber. Diese Chance konnte ich mir nicht entgehen lassen. Ich rief Lerke und behauptete, seine Meinung zu einer seltenen Goldmünze hören zu wollen. Er fiel sofort darauf herein. Wahrscheinlich glaubte er, einem verkalkten Alten wie mir die Münze abnehmen zu können. Ich bat ihn, kurz in meinem Sieben-Meere-Zimmer zu warten. Dann holte ich ein Messer und zog mir dieses grelle Trikot über. Er war verblüfft, als er mich in diesem Aufzug sah. Ich behauptete, ihn erheitern zu wollen. Wahrscheinlich glaubte er, dass ich wunderlich geworden wäre. Misstrauisch wurde er jedenfalls nicht. Und er hatte offenbar keine Angst vor mir. Jetzt musste ich Lerke nur noch dazu kriegen, mir den Rücken zuzukehren. Ich rief ihm zu, dass die Münze in der obersten Schublade der Hochkommode läge. Natürlich wandte sich der Gierschlund gleich dem Schrank zu. Da stach ich zu. Es war ganz einfach, als ich mich erst dazu entschlossen hatte.«

Mona schaute den Mörder forschend an. Als er sich von den Menschen in seiner Umgebung zurückgesetzt fühlte, war ihm offenbar sein Mitgefühl abhandengekommen. Reue konnte die Kommissarin bei ihm nicht erkennen. Lerke war für ihn ein Hindernis gewesen, das sein ruhiges Leben gefährdete und daher beseitigt werden musste.

»Wie hast du es geschafft, Dörping die Galionsfigur unterzujubeln? Und warum hast du es getan?«, forschte Enno. Die Fragen schienen Rademacher zu überraschen: »Ist das nicht offensichtlich? Dieser Mensch sollte dafür büßen, dass er meine Frau verführt hatte! Als ich Brigitte einmal zu seinem Haus verfolgte, sah ich, dass dieser Schuppen kein Schloss hatte. Das war für mich wie eine Einladung. Später entstand dann der Einfall, dort die ›Juliana‹ zu verstecken.«

»War es nicht riskant, Ihre kostbare Galionsfigur dort zu deponieren?«

Scheinbar bemerkte der Täter Monas Ironie nicht. Er antwortete ernsthaft: »Ja, ich habe Pro und Contra abgewogen. In dem Schuppen befand sich ansonsten nur wertloser Plunder. Daher ging ich davon aus, dass ein Dieb sofort das Interesse verlieren würde.«

»Wie hast du die Holzstatue transportiert?«

»In einem Fahrradanhänger, Enno. Nachts ist die Insel wie ausgestorben, zumindest hat mich niemand gesehen.«

»Warum haben Sie sich überhaupt die Einbruchgeschichte ausgedacht?«, wollte die Kommissarin wissen.

Rademacher antwortete: »Ich wollte nicht gleich einen Mord melden. Es sollte der Eindruck entstehen, dass ein Verbrecher noch einmal zurückgekehrt wäre.«

»Dann stammen auch die Fußspuren vor dem Fenster von Ihnen?«

»Richtig, Frau Sander. Die Schuhe, die ich dabei benutzt habe, sind schon längst entsorgt worden.«

»Sie haben sich viel Mühe bei der Tatausführung gegeben«, stellte die Kriminalistin fest, »aber am Ende hat es Ihnen nichts genutzt.«

ENDE

Ostfrieslandkrimi-Empfehlungen des Klarant Verlages

»Friesenbraut«, Band 1
Taschenbuch-ISBN: 978-3-95573-557-9
eBook-ISBN: 978-3-95573-556-2

»Friesenkreuz«, Band 2
Taschenbuch-ISBN: 978-3-95573-552-4
eBook-ISBN: 978-3-95573-600-2

»Friesenlauf«, Band 3
Taschenbuch-ISBN: 978-3-95573-553-1
eBook-ISBN: 978-3-95573-618-7

»Friesenflirt«, Band 4
Taschenbuch-ISBN: 978-3-95573-542-5
eBook-ISBN: 978-3-95573-541-8

»Friesenwahn«, Band 5
Taschenbuch-ISBN: 978-3-95573-622-4
eBook-ISBN: 978-3-95573-623-1

»Friesenstalker«, Band 6
Taschenbuch-ISBN: 978-3-95573-688-0
eBook-ISBN: 978-3-95573-701-6

»Friesenjuwel«, Band 7
Taschenbuch-ISBN: 978-3-95573-764-1
eBook-ISBN: 978-3-95573-765-8

»Friesenwrack«, Band 8
Taschenbuch-ISBN: 978-3-95573-796-2
eBook-ISBN: 978-3-95573-797-9

»Friesenbarbier«, Band 9
Taschenbuch-ISBN: 978-3-95573-833-4
eBook-ISBN: 978-3-95573-832-7

»Friesenstrand«, Band 10
Taschenbuch-ISBN: 978-3-95573-875-4
eBook-ISBN: 978-3-95573-876-1

»Friesenlist«, Band 11
Taschenbuch-ISBN: 978-3-95573-934-8
eBook-ISBN: 978-3-95573-935-5

»Friesenblues«, Band 12
Taschenbuch-ISBN: 978-3-95573-954-6
eBook-ISBN: 978-3-95573-955-3

»Friesenanker«, Band 13
Taschenbuch-ISBN: 978-3-96586-009-4
eBook-ISBN: 978-3-96586-010-0

»Friesenkoch«, Band 14
Taschenbuch-ISBN: 978-3-96586-105-3
eBook-ISBN: 978-3-96586-106-0

»Friesenwürger«, Band 15
Taschenbuch-ISBN: 978-3-96586-146-6
eBook-ISBN: 978-3-96586-145-9

»Friesentango«, Band 16
Taschenbuch-ISBN: 978-3-96586-164-0
eBook-ISBN: 978-3-96586-172-5

»Friesenbrauer«, Band 17
Taschenbuch-ISBN: 978-3-96586-201-2
eBook-ISBN: 978-3-96586-202-9

»Friesendiebin«, Band 18
Taschenbuch-ISBN: 978-3-96586-276-0
eBook-ISBN: 978-3-96586-277-7

»Friesenpoker«, Band 19
Taschenbuch-ISBN: 978-3-96586-321-7
eBook-ISBN: 978-3-96586-322-4

»Friesenleiche«, Band 20
Taschenbuch-ISBN: 978-3-96586-355-2
eBook-ISBN: 978-3-96586-356-9

»Friesentrick«, Band 21
Taschenbuch-ISBN: 978-3-96586-408-5
eBook-ISBN: 978-3-96586-409-2

»Friesenschatz«, Band 22
Taschenbuch-ISBN: 978-3-96586-450-4
eBook-ISBN: 978-3-96586-451-1

»Friesenmagier«, Band 23
Taschenbuch-ISBN: 978-3-96586-485-6
eBook-ISBN: 978-3-96586-486-3

»Friesenruine«, Band 24
Taschenbuch-ISBN: 978-3-96586-513-6
eBook-ISBN: 978-3-96586-514-3

»Friesenraub«, Band 25
Taschenbuch-ISBN: 978-3-96586-549-5
eBook-ISBN: 978-3-96586-550-1

»Friesenrichter«, Band 26
Taschenbuch-ISBN: 978-3-96586-560-0
eBook-ISBN: 978-3-96586-561-7

»Friesenhummer«, Band 27
Taschenbuch-ISBN: 978-3-96586-614-0
eBook-ISBN: 978-3-96586-615-7

»Friesenkugel«, Band 28
Taschenbuch-ISBN: 978-3-96586-627-0
eBook-ISBN: 978-3-96586-628-7

»Friesendolch«, Band 29
Taschenbuch-ISBN: 978-3-96586-649-2
eBook-ISBN: 978-3-96586-650-8

»Friesengeiz«, Band 30
Taschenbuch-ISBN: 978-3-96586-667-6
eBook-ISBN: 978-3-96586-668-3

»Friesendiva«, Band 31
Taschenbuch-ISBN: 978-3-96586-689-8
eBook-ISBN: 978-3-96586-690-4

»Friesenteich«, Band 32
Taschenbuch-ISBN: 978-3-96586-700-0
eBook-ISBN: 978-3-96586-701-7

»Friesensilber«, Band 33
Taschenbuch-ISBN: 978-3-96586-707-9
eBook-ISBN: 978-3-96586-708-6

»Friesenfisch«, Band 34
Taschenbuch-ISBN: 978-3-96586-742-0
eBook-ISBN: 978-3-96586-743-7

»Friesenduell«, Band 35
Taschenbuch-ISBN: 978-3-96586-764-2
eBook-ISBN: 978-3-96586-765-9

»Friesenwürfel«, Band 36
Taschenbuch-ISBN: 978-3-96586-795-6
eBook-ISBN: 978-3-96586-796-3

»Friesenradio«, Band 37
Taschenbuch-ISBN: 978-3-96586-831-1
eBook-ISBN: 978-3-96586-832-8

»Friesenartist«, Band 38
Taschenbuch-ISBN: 978-3-96586-847-2
eBook-ISBN: 978-3-96586-848-9

»Friesenpolizistin«, Band 39
Taschenbuch-ISBN: 978-3-96586-853-3
eBook-ISBN: 978-3-96586-854-0

»Friesenspur«, Band 40
Taschenbuch-ISBN: 978-3-96586-879-3
eBook-ISBN: 978-3-96586-880-9

»Friesenboot«, Band 41
Taschenbuch-ISBN: 978-3-96586-871-7
eBook-ISBN: 978-3-96586-872-4

»Friesenerpresser«, Band 42
Taschenbuch-ISBN: 978-3-96586-906-6
eBook-ISBN: 978-3-96586-907-3

»Friesenvilla«, Band 43
Taschenbuch-ISBN: 978-3-96586-934-9
eBook-ISBN: 978-3-96586-935-6

»Friesenmuschel«, Band 44
Taschenbuch-ISBN: 978-3-96586-968-4
eBook-ISBN: 978-3-96586-969-1

»Friesenturm«, Band 45
Taschenbuch-ISBN: 978-3-68975-006-0
eBook-ISBN: 978-3-68975-007-7

»Friesensegler«, Band 46
Taschenbuch-ISBN: 978-3-68975-030-5
eBook-ISBN: 978-3-68975-031-2

»Friesenjungfer«, Band 47
Taschenbuch-ISBN: 978-3-68975-045-9
eBook-ISBN: 978-3-68975-046-6

Klarant Verlag

Lernen Sie die Ostfrieslandkrimi-Titel des Klarant Verlages kennen und besuchen Sie uns im Internet unter:

www.ostfrieslandkrimi.de und www.klarant.de

Sie können dort Näheres über unsere Autorinnen und Autoren erfahren, viele weitere interessante Bücher und eBooks finden und Leseproben herunterladen. Mit dem kostenlosen Newsletter auf

www.ostfrieslandkrimi-lesen.de

erhalten Sie aktuelle Informationen rund um das Verlagsprogramm, wie beispielsweise spannende Neuerscheinungen und Gewinnspiele